Sofie Seidl

Mausetot

Ein Nagerkrimi aus München

Die Autorin wurde im Herzen von München geboren, flanierte mit ihrer Oma täglich durch die Münchner Innenstadt und schrieb mit 8 ihre ersten Kurzgeschichten. Nach dem Abitur schloss sie zunächst eine zweijährige Ausbildung als Zeitungsjournalistin ab und studierte anschließend Sozialpädagogik. Sofie Seidl arbeitete acht Jahre als Journalistin, Pressereferentin und Lektorin und betreute 15 Jahre lang benachteiligte Jugendliche. Mit 48 Jahren begann sie Romane zu schreiben. „Mausetot" ist nach „Rattenscharf" der zweite Roman unter dem Pseudonym Sofie Seidl mit Maxi, dem liebenswert-genialen Münchner Rattensherlock

FÜR DIE RATTEN DIESER WELT:

IHR SEID GERISSEN
IHR SEID LIEBENSWERT
IHR SEID TAFF
ECHTE ÜBERLEBENSPROFIS HALT
– SO WIE WIR

Sofie Seidl

Mausetot

Ein Nagerkrimi aus München

Bibliografische Information der Deutschen Nationalbibliothek: Die Deutsche Nationalbibliothek verzeichnet diese Publikation in der Deutschen Nationalbibliografie; detaillierte bibliografische Daten sind im Internet über http://dnb.dnb.de abrufbar.

Veröffentlicht als BoD Taschenbuch, 2018
Alle Rechte vorbehalten
© 2018 Sofie Seidl
sofie-seidl.jimdo.com
sofie.seidl@gmx.net
Lektorat: Ilse Gams
Herstellung:
BoD – Books on Demand GmbH
In de Tarpen 42
22848 Norderstedt
+49 40 - 53 43 35-11
info@bod.de
www.bod.de
ISBN: 978-3-7528-7053-4

Inhalt

München Innenstadt – © OpenStreetMap-Mitwirkende
http://www.openstreetmap.org/copyright
Karte unter CC BY-SA 2.0 lizensiert

1 Mäusehochzeit

„EIN GOTTESHAUS IST ENTWEIHT WORDEN!“, deklamiert Bruder Bartholomäus in einem Ton, als wolle er die nahende Apokalypse verkünden. Es folgt eine lange Pause, während der er mich entrüstet anstiert.

Ganz so, als ob *ich* an all dem Schuld wäre!

Unbehaglich tripple ich von einer Hinterpfote auf die andere und fühle mich tatsächlich ein bisschen schlecht.

Obwohl ich gar nichts getan hab!!

Gerade will ich in verbale Abwehrstellung gehen, da fällt mir ein, mit wem ich hier rede: Bruder Bartholomäus, auf eine düstere Art würdevoller Bewohner der Krypta unter unserem Münchner Frauendom. Vermutlich wünscht er sich vor allem Respekt und derzeit ein kleines bisschen Verständnis für das seiner Ansicht nach schreckliche Vergehen.

Worin auch immer es bestehen mag.

Ich muss den eingerosteten Dialog wohl mit ein bisschen Mitgefühl schmieren, sonst stehen wir hier bis zum Sankt Nimmerleinstag.

„Was für ein verwerfliches Übel wurde denn in diesem heiligen Hause begangen, dass es Dich so in Rage bringt?“

Sofort wird mir klar, dass ich diesmal zu weit gegangen bin. Die Gesichtszüge von Bartholomäus, dem gläubigen Bruder, verziehen sich zu einem gänzlich unheiligen Ausdruck.

Seelenqual? Nein. Zorn! Nackte Wut!

Ich will schon entschuldigend stammeln, dass ich ihn nicht verarschen wollte, dass die Worte mir einfach so in den Sinn gekommen sind, als Bartl im Stakkato durch zusammengebissene Zähne hervorpresst:

„Ei-ne-Men-schen-frau-liegt-tot-in-der-Wit-tels-ba-cher-Gruft-der Mi-cha-els-kir-che! Und-sie-ist-nicht-auf-na-tür-li-che-Wei-se-ge-stor-ben!"

Über diese erstaunliche Nachricht vergesse ich sogar, erleichtert zu sein.

„*Unsere* Michaelskirche? Groß, mitten in der Fußgängerzone?", frage ich, bevor ich mich daran hindern kann.

Als sich ein infernalisches Donnerwetter in Bruder B.s Miene zusammenbraut, der ich die Frage ablesen kann, „Wie-vie-le-Wittelsbacher-Grüfte-GIBT-es-Deiner-Meinung-nach-in-München!!?" (tatsächlich befindet sich noch eine in der Theatinerkirche, wie ich später recherchiert habe), versichere ich hastig:

„Ich schau mir das unverzüglich an, Bart... – Bruder Bartholomäus!"

„Dieser Frevel wird nicht ungerochen bleiben!", ruf ich ihm im Weglaufen über die Schulter zu und gebe Fersengeld.

Ich kanns einfach nicht lassen.

Jetzt muss ich mich erstmal vorstellen: Ich bin Maxi. Im Clan Marienhof hinter unserem wunderschönen Münchner Rathaus bin ich der Sonderbeauftragte für „Foreign Affairs": Mein Job ist es, das Verhältnis zu Euch Menschen zu verbessern, weshalb ich hier live aus meinem Leben berichte.

Alles hat damit angefangen, dass ich mein Austauschjahr in England verbracht hab, beim ISL Clan unter der International School of London. Dort hab ich heimlich Euren Unterricht belauscht. Deshalb kann ich lesen, (eher schlecht als recht) schreiben, ausreichend Englisch und ein bisserl Computer. Außerdem hab ich eine milde Sucht nach *Fleischpflanzerlsemmeln.*

Ach ja, übrigens, ich bin eine Ratte. Rattus norvegicus aus der Überfamilie der Mäuseartigen, Unterfamilie der Altweltmäuse, um genau zu sein. 45cm von der Nasen- bis zur Schwanzspitze, also mittelgroß für eine Wanderratte.

Aber lasst uns jetzt an den Anfang der Geschichte zurückkehren, an eine Stelle nur eine halbe Stunde vor meinem Besuch beim Bartl, als meine Welt noch völlig stressfrei und in Ordnung war.

Ich war gerade in Kammer 1 unseres Wohnkessels unter dem Marienhof – 91 Tiere, 3 Kammern plus ein Vorratsraum – damit beschäftigt, mit Sven, meinem Liebsten, für unsere bevorstehende Band-Halte-Zeremonie zu üben. Wir haben uns während der Aufklärung meines letzten Mordfalls kennengelernt, veröffentlicht unter dem Titel „Rattenscharf" von meiner Sekretärin Sofie Seidl. Und jetzt sind wir dabei, es offiziell zu machen. Nachdem wir uns vor Kurzem beide ein paar romantische kleine Piercings haben stechen lassen …

Schwul sein wird bei uns Ratten eben recht relaxt gesehen, nicht so krampfig wie bei Euch Menschen.

„Ihr müsst Euch *spiegelbildlich* drehen, sonst kommt Ihr in der Mitte nicht zusammen! Sonst bleibt das Band *zwischen* Euch, anstatt Euch beide *einzuhüllen*, wie es sein soll!"

Mittlerweile klingt selbst meine für ihre Engelsgeduld bekannte beste Freundin Sirkit leicht genervt. Prompt folgt Svens und mein synchrones Gekicher.

„Ich *hab* ja Verständnis dafür, dass Ihr verknallt seid, aber wir üben das jetzt schon zum 20sten Mal, Himmel noch eins!", schimpft sie.

Stimmt nicht. Es waren höchstens 10-mal …

Ich kann Sirkit ja verstehen. Unser Geturtel, gepaart mit grenzdebiler Tollpatschigkeit, ist für Außenstehende sicher schwer zu ertragen. Aber Sven und ich schweben nun mal auf Wolke sieben, seit wir uns entschlossen haben, das Band zu halten.

Nach einem weiteren missglückten Dreh-Versuch streckt die aus Indien stammende Sirkit die Waffen.

„Mir reichts für heute, Jungs. Ich muss mich mal wieder um meinen Kleinsten kümmern, der weiß wahrscheinlich schon nicht mehr, wie Mami aussieht! Die Feier findet ja erst in ein paar Tagen statt, da habt Ihr noch genügend Zeit, diese schwierige Aufgabe zu meistern …"

Sprichts und trippelt hastig in Richtung Kammer 2 unseres Wohnkessels davon.

„Svene-Mäuseschnäuzchen, lass uns das nochmal alleine üben. Volle Konzentration, bitte! Ich will, dass bei unserem Fest alles perfekt klappt!", ruf ich meinem Schatz mit einem Lächeln unter den Schnurrhaaren zu und nehm mein Band-Ende mit der Schnauze wieder auf.

„Diesmal machen wirs richtig, Maxilino-Supermaus", ruft Sven zurück, aber sein schelmisches Grinsen straft seine Worte Lügen. Bei jeder Drehung schwelge ich im Anblick von Svens silbernem Fell mit den feinen dunklen

Tigerstreifen und bemerke das Aufblitzen seiner schönen honigbraunen Augen. Kein Wunder, dass unsere Probe nie hinhaut! Als wir uns der gemeinsamen Mitte nähern – natürlich wieder von der falschen Seite – und ein weiterer Kicheranfall droht, reißt uns eine wohlbekannte Stimme rüde aus unserem gemeinsamen Traum.

„Maxi, Maaxi, Maaaxiii!!" brüllt es aus dem Verbindungsgang zu Kammer 2. Ich kann mir gerade noch meine Vorderpfoten auf die Ohren klatschen, da seh ich einen hellgrauen Schemen auf mich zurasen. Ein Wortschwall ergießt sich über mich, bevor ich es durch verbale Abwehr schaffe, den Neuankömmling soweit einzubremsen, dass ich meine Ohren ohne Hörsturzrisiko wieder freigeben kann. Endlich zum Stillstand gekommen, hat der Schemen die Konturen von Marktschreier angenommen, der Inforatte unseres Clans.

Uns Ratten gibt es weltweit in 570 verschiedenen Formen und wir leben in Clans von circa fünf bis 200 Mitgliedern. Als megasoziale Wesen helfen wir uns selbstverständlich auch clanübergreifend. Wir Münchner Exemplare aus der Weltstadt mit Herz sowieso …

Marktschreier fungiert als Bote zu den Inforatten der nächstgelegenen Clans. Jede von denen verständigt wiederum die Inforatten von *deren* umliegenden Clans usw. Ist eine Nachrichtenlawine mit annähernd Lichtgeschwindigkeit. Mit seinem superschrillen Organ und dem straßenpflastergrauen Tarnfell eignet sich der Marktl perfekt für seinen Job.

„Maxi! Schnauf ... du musst sofort zu Bartholomäus kommen ... uff – Leiche!!!", keucht Marktschreier geräuschvoll.

„Was?", frage ich – zugegeben nicht sehr intelligent.

Passend dazu starre ich den Marktl mit einem dümmlichen Gesichtsausdruck an.

Als Marktschreier gefühlte 20 Minuten später wieder zu Atem kommt, erfahre ich endlich, was Sache ist.

„Der Bartholomäus will, dass du sofort kommst! Sie haben eine tote Frau gefunden!"

Spontan schießen mir verschiedene mögliche Bemerkungen durch den Kopf.

„Was, *schon wieder* eine Leiche?", oder „Seit wann schert sich der Bartl um weltliche Angelegenheiten?", oder „Was zum Teufel geht mich das an, ich habe ein Band zu halten!"

Tatsächlich sage ich nichts von all dem. Weil mir nämlich die Aussicht auf einen neuen Ermittlungsauftrag irgendwie gefällt. Weil ich bei aller inniger Liebe für Sven schon ganz gern wieder mal einen aufregenden Einsatz hätte und weil es mich freuen würde, Oberkommissarin Lisi Moosgruber von der Menschenpolizei wiederzusehen.

„Ahm, *Svehne*rättchen ... *hättest* Du was dagegen, wenn ich ... Du weißt, wenn der Bartl sich so aufregt, beruhigt er sich von selber nicht mehr und ..."

„Ist schon gut, Maxlrättchen. Du musst Dich nicht entschuldigen – schließlich kannst Du nichts für die Unterbrechung. Und im Moment kriegen wir das mit dem Bandhalten ja anscheinend eh nicht gebacken."

„Du bist ein riesengroßer Schatz! Ich bin bald wieder zurück."

Mit diesen Worten drücke ich Sven einen dicken Schmatz auf die Backe und düse los.

Ein bisschen hab ich den Verdacht, dass er ganz froh über die Unterbrechung ist, weil ihm das Gelegenheit gibt, sein Schnäuzchen in die Frühlingssonne dieses herrlichen Maitages zu strecken und anschließend ungestört auf unserem supermodernen Mini-iPad seinen Roman weiterzulesen.

Äh, eigentlich ist es gar nicht *unser* iPad, wir *verwahren* es nur. Es … ist mir vor einiger Zeit von einer Parkbank, ääh, direkt vor die Füße gefallen – ja, so kann man sagen. Aber das ist eine ganz andere Geschichte, die ich Euch eh schon erzählt hab.

Jedenfalls ist es bei uns Ratten so: Wenn einer was findet, benutzen es alle. Naja und mit dem iPad hat sich seit dem letzten Mordfall einiges in unserem Clan verändert. Viele, vor allem die jungen Ratten, wollen jetzt damit Bücher lesen oder Filme schauen. Weil wir unter dem Marienhof, gleich hinterm Rathaus, residieren, funktioniert im Bau das sogenannte „Weh-Lahn". Seit einiger Zeit leitet meine Schwester Kathi deshalb begeistert eine Unterrichtsgruppe „Lesen und Schreiben auf Mensch". Die Methusalems um Großonkel Xaver hingegen warnen vor dem „Katzenwerk", das Unglück über uns alle bringen wird …

Marktschreiers alarmierende Meldung war also der Grund für meinen Besuch bei der einzigen solo lebenden

Ratte Münchens: „Bruder Bartholomäus". Für mich (und alle anderen) schlicht „der Bartl". Selbsternannter Diener des HERRN. Auch sein einziger Diener unter uns Ratten, um ehrlich zu sein, denn wir neigen nicht zum Religiösen.

Aber wir lieben die Natur und achten sie und unsere Artgenossen, ebenso wie alle anderen Lebewesen (abgesehen vielleicht von Hunden).

2 Mord im Mausoleum

Jetzt rase ich also durch die trockenen Teile der Kanalisation vorbei an den Wohnkesseln der Clans Kaufinger 2 und Sport Scheck in Richtung Michaelikirche und schlüpfe durch schmale Gänge hinein in die Fürstengruft unter dem Gotteshaus.

Mit einem Schlag werde ich abgebremst. Was mich so abrupt stoppt, ist die Atmosphäre in der Grabkammer. Die Zeit steht still an diesem Ort. Er wirkt wie luftdicht vom Leben abgeschlossen. Der relativ kleine Raum mit den schmutzig weißen Wänden und den vielen düsteren schweren schmucklosen Metallsärgen in allen Größen, die eng aneinander gereiht dastehen wie in einem Warenlager, hat etwas sehr Deprimierendes, Unpersönliches an sich. Besonders schlimm finde ich die ganz kleinen Särge.

Wir Ratten haben nichts gegen den Tod an sich – unserer Meinung nach gehört er zum großen Kreislauf, ein toter Körper gibt wieder neues Leben für andere. Meiner Meinung nach eine sehr tröstliche Vorstellung.

Aber dieser Raum schlägt dir deine eigene Vergänglichkeit mit dem Vorschlaghammer ins Gesicht. Wenn nicht einmal von großen Königen am Ende mehr bleibt als ein düsterer Kasten mit ein paar Verzierungen drauf …

Nur ein Sarg ist ein Stück größer als die anderen und mit einer Krone verziert. An seinem Fuß liegen sogar ein paar Blumen. Wem der wohl gehört?

Mal ehrlich, zum wiederholten Mal frage ich mich, was manchmal in Euch Menschen so vorgeht. Nicht genug damit, dass Ihr Euren Dahingeschiedenen riesige unterirdische Wohnkessel anlegt – für jeden einzelnen eine eigene Kammer, wohlgemerkt – was für eine megamäßige Platzverschwendung! Ihr geht auch noch immer wieder dorthin, um sie Euch nochmal *anzuschauen*! Wie abgefahren ist *das* denn?!

Grauslig, wenn Ihr mich fragt!

Ich glaub bereits zu spüren, dass die düstere Atmosphäre mir meine Lebensenergie absaugt wie bei diesen Computerspielen auf dem iPad.

Als mein Blick auf die Tote fällt, denke ich einen überdrehten Moment lang, dass sie tatsächlich an der gruftigen Aura gestorben ist. Dann schüttle ich mich kurz aber heftig und konzentriere mich wieder auf meinen Job.

Schon bevor ich die Tote näher in Augenschein nehme, rieche ich etwas an ihr, ganz klar. Es ist ein Geruchsgemisch und im ersten Moment fällt es selbst mir schwer, die unterschiedlichen Düfte einzuordnen. Schon, weil der scharfe Alkohol darin alle anderen Gerüche überdeckt. Puh! Jetzt erschnüffle ich noch Spuren von Schokolade. Und noch etwas, nur einen Hauch davon, aber ich weiß nicht, was es ist. Irgendwie scharf und „brummig". Ich kanns nicht anders ausdrücken.

Jetzt lasse ich den Gesamteindruck von hier aus auf mich wirken. Alt und winzig liegt die unscheinbare, mausgraue Frau fast dekorativ auf dem kalten Steinboden. So, als wäre sie müde zu Boden geglitten und zwischen den bleigrauen Särgen einfach eingeschlafen. Wie in einer grotesken Schneewittchen-Parodie. Sie hat keine sichtbaren äußeren Verletzungen.

Auch ihr Gesicht sieht friedlich aus, sehr sogar. Richtig gelöst – fast wie erleichtert.

Wie bei dem ersten toten Menschen, den ich gefunden habe, gehe ich langsam und in kleinem aber gebührenden Abstand um die leblose Frau herum, beobachte und schnüffle genau. Ich würde sie auf etwa 84 schätzen, plus minus 2 Jahre. Bei recht alten Menschen bin ich mir da immer nicht so sicher. Jacke, Bluse und Rock sind ordentlich, fast einen Tick zu sauber (für einen Menschen!). Von guter Qualität, aber sehr stark abgetragen. Farbe: eine Zusammenstellung aus braun, beige und grau. Sicher war das alles mal modern – so vor rund 40 Jahren. Schätzungsweise ist die alte Frau seit ca. einer halben Stunde tot.

Die Hände der Verstorbenen sind fast zu groß für ihre schmächtige Gestalt, mit roter, rissiger Haut. Sie hat wohl zu Lebzeiten viel mit ihnen gearbeitet. Einen Finger ziert ein glatter schmaler Goldring ohne Stein. Ich hab gehört, dass das bei Euch Menschen sowas Ähnliches bedeutet wie bei uns das Band.

Plötzlich muss ich jetzt an Sven denken und in mir flammt heftige Sehnsucht auf. Was mach ich hier in dieser Totenkammer? Eigentlich sollte ich bei meinem Liebsten sein und mich gemeinsam mit ihm auf die bevorstehende Zeremonie freuen!

Dann aber siegt meine Neugier. Ich spüre, dass ich definitiv wissen will, was hier passiert ist. Warum nur? Weil „einmal Ermittler – immer Ermittler?" Oder ist es die Anziehungskraft von Euch Menschen?

Egal. Ich richte meine Aufmerksamkeit wieder voll auf die Tote. Da fällt mir auf, dass die abgenutzte kleine Lederhandtasche der Frau leicht geöffnet und fast ganz unter ihrem Faltenrock verborgen am Boden liegt.

Ich frag mich, ob ich da jetzt nicht mal reinschaun sollte – natürlich nicht aus ordinärer Neugier, sondern weil mir das Detektivische inzwischen in Fleisch und Blut übergegangen ist. Außerdem muss ich Bartl ja irgendwas sagen können!

Also schlüpfe ich supervorsichtig in die Handtasche, mit meinem Näschen voran. Will ja keine möglichen Spuren verwischen.

Sofort fällt mir auf, dass hier der Alk-Schoko-Irgendwas-Geruch viel stärker ist, besonders an einem kleinen Stück hauchdünnem rosa Papier. Ansonsten befinden sich in der Tasche ein Schlüsselbund, ein paar Taschentücher (zum Glück unbenutzt!), ein kleiner Geldbeutel mit drei rechteckigen Plastikkärtchen, wo einiges draufsteht und mit ein paar Scheinen und Münzen drin.

Als ich die Handtasche der Toten wieder verlassen habe, betrachte ich mir ihre Gestalt nochmal im Ganzen:

Sie hat keine sichtbaren äußerlichen Verletzungen. Ihre noch überraschend dichten stumpfgrauen Haare hat sie in kurzen, starren Wellen getragen, wie ich sie schon bei vielen älteren Damen beobachtet habe. Ihr Gesicht wirkt, von Nahem betrachtet, irgendwie streng, wenn man den relaxten Ausdruck einmal weglässt. An der Stelle zwischen den Augenbrauen hat sich eine tiefe Falte eingegraben. Ansonsten ist die Haut der Frau für ihr Alter ziemlich glatt, finde ich.

Plötzlich wird mir klar, was an dem Geruch nicht stimmt – mit einem Schock überkommt mich die Erleuchtung:

Gift!

Vermutlich keines, das Nase oder Geschmackssinn eines Menschen entdecken würden, aber für Ratten eindeutig wahrnehmbar.

Gift – eingebettet in Schnaps und Schokolade.

3   Von Menschen und Mäusen

Ich halte ein kurzes Kontem, unsere übliche Schweige-
minute aus Respekt vor Toten egal welcher Spezies. Weil
es immer schade ist, wenn ein Lebewesen stirbt, zumal
vor seiner Zeit.

Zurück in der Krypta der Frauenkirche rufe ich nach
Bartl. Der Typ taucht normalerweise immer ohne Vor-
warnung aus dem Nichts auf und schallt Dir seine sonore
Stimme dann plötzlich von hinten direkt ins Ohr. Doch
diesmal bin ich vorbereitet und erschrecke nur leicht als
Bartl neben mir materialisiert.

„Die Tote in der Wittelsbacher Gruft ist eine alte Frau.
Sie hat eine vergiftete Süßigkeit gegessen. Ich konnte keine Geruchsspuren einer anderen Person entdecken. Sehr
wahrscheinlich hat die Frau also ihrem Leben selbst ein
Ende gesetzt", füge ich mit dem heftigen Unbehagen, das
eine solche Handlung bei uns Ratten erzeugt, hinzu.

Mein emotionales Bauchgrimmen ist jedoch offensichtlich nichts im Vergleich mit dem von Bruder Bartlholo-
mäus.

„OHMEINGOTT! HIMMELHILF! OHMEINHERR!!
SÜNDE!!! SÜNDE!!!"

Während er diese Worte in die Welt hinausschreit,
schlägt sich der Bartl die Vorderpfoten vors Gesicht,
gleich mehrmals hintereinander, und lässt sie zwischendrin
jedes Mal kurz sinken. Es sieht aus, als ob er sich reinwa-
schen will, es aber nicht schafft. Jetzt fällt er auf die Knie,
hebt seine Arme über den Kopf und ruft: „VERGIB,

HERR, VERGIB dieser armen SÜNDERIN und uns allen, die wir UNWÜRDIG sind …" Der Rest geht in einer Art Wimmern unter.

Jetzt mach ich mir ernsthaft Sorgen. So außer sich hab ich den ehrwürdigen Rattenmann noch nie erlebt. Er gilt in der Münchner Rattenkommune als der älteste Vertreter unserer Spezies in der Landeshauptstadt.

Der wird mir jetzt doch keinen Herzkaschperl kriegen?!

Ich muss ihn irgendwie beruhigen!

„Lieber Bar… Pater Bartholomäus, Du darfst Dich nicht so aufregen, damit schadest Du Deiner Gesundheit und das würde der Herr sicherlich nicht wollen. Du sagst doch selbst, dass Er ein gnädiger Gott ist. Sicherlich ist Er auch bereit, einer armen Seele wie der alten Frau, die wohl keinen Ausweg mehr gesehen hat, zu verzeihen. Sie hatte ja auch ein Kettchen mit einem kleinen Kreuz umhängen, war also wohl gläubig." An Letzteres hab ich mich gerade erinnert.

„Gewiss ist er gnädig, unser HERR, aber wird er eine solch schwere *Sünde* verzeihen, noch dazu begangen in einer *Kirche*?!"

Der Bartl ist zwar immer noch sehr aufgeregt, aber doch schon deutlich ruhiger geworden, scheint mir. Jedenfalls sind seine Augen jetzt nicht mehr Blut unterlaufen und seine Stimme überschlägt sich nicht mehr. Weiter so, Maxi!

„Vielleicht trügt der Schein ja und diese alte Dame hat sich gar nicht selbst … vielleicht wurde sie ja …".

Gerade ist mir in den Sinn gekommen, dass a) es tatsächlich möglicherweise auch ein Mord gewesen sein könnte und b) der Bartl *dieses* Verbrechen möglicherweise *noch* frevelhafter finden würde, zumal in (s)einer Kirche begangen!

Womit ich meinen Anfangserfolg in Sachen Deeskalierung in die Tonne treten kann!

Klasse Herr Superpsychologe!

Während ich fieberhaft überlege, wie ich aus dem verbalen Schlamassel wieder rauskomme, meldet sich der Bartl erneut zu Wort.

„Das ist in der Tat eine Möglichkeit, dass der Tod dieser Frau von einer anderen Person herbeigeführt wurde. Gewiss, auch das wäre ein schlimmer Verstoß gegen Gottes Gebote –

aber nicht so … *fürchterlich*, so *verachtenswert*, wie sich selbst das Wertvollste zu nehmen, das uns der HERR gegeben hat, unser Leben."

Jetzt fühle ich mich hin- und hergerissen. Einerseits empfinde ich das wie der Bartl: Unser Leben, ja das Leben aller Wesen ist unendlich kostbar und schützenswert. Andererseits denke ich mir, wenn die Arme nun wirklich nicht mehr weiter wusste und vielleicht ganz allein auf der Welt war.

Sollte man da nicht eher Mitleid haben, anstatt zu schimpfen?

„Du musst den wahren Grund aufdecken, Maxi!", meldet sich Bartl jetzt unvermittelt wieder zu Wort.

„Du musst beweisen, dass … *ob* es ein Mord war. Ich brauche Gewissheit – vorher kann ich nicht mehr ruhig schlafen!

Maxi: Du musst wieder ermitteln!!"

Als ich bei meiner Rückkehr in den Bau Sven in Kammer 3 erblicke, bleibe ich schlagartig stehen. Wie er da so sitzt, mit seinem Näschen ins „Buch" (iPad) vertieft, wirkt irgendwie anmutig und ernsthaft zugleich. Als Ehemaliger, also quasi Alumnus einer Universität kann mein aus Schweden ursprünglich als Praktikant nach München gekommener Süßer schon lange lesen. Meine Götterratte in spé entstammt nämlich dem UU Clan unter der „Uppsala Universitet", dessen Mitglieder allesamt hochgebildet sind.

(Den Ausdruck „in spe" kenn ich aus „Lateinische Redensarten und Geflügelte Worte", einem einsemestrigen Wahlfach von Prof. Aster-Hicks.)

Sven ist ja sooo schlau! Er liest richtige Bücher, die er praktisch überall findet! Also, richtig findet, ähh …

Wisst Ihr Menschen eigentlich, wie viele Bücher Ihr so wegwerft oder auf Parkbänken liegen lasst! Unglaublich!

Auf einmal überschwemmt mich ein mächtiges Gefühl von Liebe und Stolz. Dieser schöne, intelligente, herzliche Mann soll mir gehören, meiner sein für immer und ewig – nach irdischen Maßstäben: „bis dass der Tod das Band zerreißt".

Ich kann es kaum glauben und Tränen der Freude schießen mir in die Augen.

Plötzlich dreht Sven den Kopf und sieht mich direkt an, obwohl ich schwören könnte, dass ich nicht das kleinste Geräusch gemacht hab!

„Du bist zurück, Liebling!"

Jetzt erhellt ein Strahlen Svens Gesicht, das kann man gar nicht beschreiben. Er springt auf und läuft zu mir. Wir zelebrieren das rattentypische Begrüßungsritual des

Schnauzewetzens, allerdings viel länger als üblich und viel inniger.

„Ich hab Dich vermisst", flüstert Sven.

„Ich Dich auch", hauche ich und es stimmt, wie mir gerade schmerzlich bewusst wird.

Eine ganze Weile liegen wir jetzt da, eng aneinander gekuschelt und schweigen, genießen unsere gegenseitige Wärme und Flauschigkeit. Dann erzähle ich Sven von meinen Erlebnissen. Als ich an der Stelle ankomme, an der Bartl mich beauftragt, den Tod der alten Frau aufzuklären, halte ich meinen Blick schuldbewusst auf den Boden gesenkt.

Ich kann Sven jetzt nicht in die Augen schauen.

Aber mein Liebster ist ein Engel. Anstatt mich mit der Frage zu löchern, was ich Bartl denn geantwortet habe und mir Vorwürfe zu machen, dass ich ihn in den letzten Tagen vor unserer Band-Halte-Zeremonie die meiste Zeit allein lassen werde, versucht er auch noch, mir mein schlechtes Gewissen zu nehmen.

„Mach Dir jetzt keine Gedanken wegen mir. Du musst diesen Auftrag übernehmen, Maxi. Nur Du kannst einen möglichen Mörder finden und aus dem Verkehr ziehen. Und wenn es Suizid war, kannst nur Du es beweisen. Deine Kommissarin braucht bestimmt wieder Deine Hilfe! Wir werden nach dem Bandhalten noch *so* viel Zeit für einander haben.

Nur *Du* bist die Ratte für Foreign Affairs."

Bevor ich in Gang 5 verschwinde, werfe ich noch einmal ein herzliches Lächeln über die Schulter. Für den

Bruchteil einer Sekunde lese ich Sorge in Svens Miene, dann lächelt er schnell breit und zuversichtlich.

Irgendwie geht es meinen Innereien jetzt nicht wirklich besser.

Draußen an der Oberfläche angekommen, muss ich mal ein bisserl nachdenken. Ich platziere mich unter einer der vielen Parkbänke auf dem Marienhof. Es ist mitten in der Nacht und von Euch Menschen sind kaum noch nüchterne Exemplare unterwegs. Und selbst die sehen von uns Kleintieren erfahrungsgemäß rein gar nix, außer, wir tanzen vor ihren Füßen Tango. Trotzdem bin ich immer vorsichtig und halt mich in irgendeiner Deckung – das liegt uns einfach im Blut.

Ich machs mir also bequem und denke darüber nach, welche Schritte ich als nächstes unternehmen muss. Als der Groschen fällt, gestatte mir kurz innezuhalten und mit den Pfoten meine samtschwarzen Äuglein zu bedecken.

Es wird mir nichts anderes übrigbleiben: Ich muss wieder mal ins Polizeipräsidium. Um in Lisis Büro den PC anzuwerfen und die Dateien zum neuen Todesfall zu lesen,

„Kreizdeifi no amoi!"

Ich kann mir all die notwendigen Infos einfach auf keine andere Art beschaffen: Die Daten der Toten, Namen von Verdächtigen, Wohnorte etc. pp. Vor allem brauch ich das Ergebnis der Obduktion, der Spurensicherung bzw. der KTU, der Kriminaltechnischen Untersuchung, wie wir Insider sagen …

Für den Besuch im Zentrum der Münchner Polizeigewalt ist es jetzt natürlich noch zu früh. Sie haben die Tote ja wahrscheinlich noch gar nicht gefunden. Aber ich hab diesmal schon einen Wissensvorsprung …

Die alte Dame hatte nämlich einen Ausweis bei sich – nichts anderes war nämlich eines der kleinen Plastikkärtchen, die ich in der Handtasche der Verstorbenen entdeckt hab. Also kenn ich jetzt nicht nur ihren Namen, sondern auch ihre Adresse …

Mein nächstes Ziel ist also die Maxburgstraße 1a, wo Marianne Kern zu Lebzeiten gewohnt hat. Ich werde die Wohnung noch *vor der Polizei* in Augenschein nehmen können!

Wie toll ist *das* denn!!

Ich platz gleich vor Stolz!

Peng und zrissn hatsn!

Ähem – jetzt muss ich mich mal wieder einkriegen. Sei ruhig und konzentriert, Maxi, ganz der Profi.

Das beste an Mariannes Adresse ist, dass ich sie zu Fuß erreichen kann. Und zwar *ganzbald.* Sie liegt nämlich fast direkt neben dem Polizeipräsidium.

Ich sprinte also in die Albertgasse und rase rechts um die Frauenkirche rum in die „Löwengrube", an der das Präsidium liegt. Diese Straße ist durch die gleichnamigen Krimi-Kultserie aus den 90er Jahren welt-, äh, deutschland-, äh bayernweit bekannt. Jedenfalls flitze ich sie ganz entlang, bis sie in die Maxburgstraße übergeht.

Dann hau ich die Bremse rein und stehe vor einem grauen Mietshaus, derzeit „Mehrparteienhaus" genannt. Warum überlegt Ihr Menschen Euch eigentlich für dasselbe Zeugs immer wieder neue Namen? Käme Unsereinem nie in den Sinn.

29

Das Haus Maxburgstraße 1a ist ziemlich schlicht, schlammbraun, hat mittelgroße Fenster, die in kleine, (einst) weiß umrandete Vierecke unterteilt und im *Suterrah* vergittert sind. Mit anderen Worten, es sieht insgesamt etwas heruntergekommen aus.

Äh, ehrlich gesagt, find ichs ziemlich scheußlich …

Freilich sind Gitter für Leute wie mich ein Witz. Bei den meisten könnte ich *quer* durchmarschieren. Trotzdem brauch ich noch eine ganze Weile, bis ich ein Fenster finde, das gekippt ist hinter dem Gitter. Weil wir Ratten geschickte Kletterer sind, bin ich dann im Nullkommanix in einem verstaubten kellerartigen Raum mit düsteren Holzregalen, auf denen abgegriffene Ordner stehen.

Über allem hängt der Odem des Vergessens.

Ach du meine Fresse, jetzt werd ich auch noch lyrisch.

Der Trip in die Gruft hat mir wohl stärker zugesetzt, als gedacht …

4 Solo für Maus

Durch die windschiefe Kellertür raus- und das Treppenhaus raufzukommen ist null problemo. In Marianne Kerns Wohnung reinzukommen, schon eines. Die Wohnungstür ist zwar, wie die Haustreppe, aus dunklem altem Holz, aber dicht und ohne Löcher, da ist nix zu machen.

Bei näherer Betrachtung fällt mir dann ein Briefschlitz in der unteren Mitte der Tür auf. Die Klappe darauf ist leicht verbogen und schließt auf einer Seite nicht vollständig. Hmm. Wenn ich *da* hochspringe, mich an *diesem* kleinen Hubbel festkralle … Es ist einen Versuch wert.

Ein paar Anläufe braucht es schon, dann kann ich mein Riechorgan durch den kleinen Spalt zwängen, mir ein menschen- und tierfreies Terrain bestätigen lassen, den Spalt vergrößern und den Rest von mir hinterher schieben.

Geschafft!

Wie ich auf der anderen Seite auf den Gangteppich von Marianne Kern plumpse, bemerke ich ihn sofort, wenn auch nur als Hauch: Den fahlen Duft nach Alkohol, Gift und Schokolade. Der selben Mischung, die mir schon bei meinem ersten Kontakt mit der Toten aufgefallen ist.

Ich versuche, der Alk-Schoko-Spur zu folgen, aber Fehlanzeige. Nirgends finde ich seine Quelle. Der Geruch hängt einfach nur in der Luft. Dass ich ihn überhaupt rieche, hab ich nur meinem tollen Rattennäschen zu verdanken …

Ich wende mich der Wohnung als Ganzes zu. Versuche, mir einen Eindruck zu verschaffen:

31

Hohe Räume, eine winzige Küche mit einer Tasse, die umgestülpt auf einem ausgebreiteten Küchentuch steht und einem Löffel am Rand der Spüle. Ein Bad mit Klo und einer Badewanne auf Füßen, zwei große saftig-grüne Palmen, bei deren Anblick ich mich daran erinnere, dass ich schon lange nichts mehr gegessen hab.

Mir knurrt der Magen. Reiß Dich zusammen, Maxi. Wirst Dich jetzt nicht an den ehemaligen Schoßpflanzen einer Toten vergreifen!

Ein überschaubares Wohnzimmer mit Kommode, Fernseher plus darauf ausgerichteter Sessel, Zweisitzer-Couch, ein Holzkreuz an der Wand. Ich weiß, dass das ein Symbol des Gottesglaubens ist, das kenn ich aus der Krypta und aus Kirchen. Ein kleines Schlafzimmer mit Doppelbett (von dem nur eine Seite bezogen ist). Nachtkästchen und zweitüriger Kleiderschrank und einem weiteren Holzkreuz.

Jede Menge fadenscheiniger Teppiche auf allen Böden, teils übereinandergelegt. Das Parkett darunter ist nur noch im Flur sichtbar. An den Wänden Tapeten mit verblasstem Blumenmuster, ein paar wenige düstere Bilder. An Kreuzen zähle ich insgesamt vier.

Wow, Marianne muss wohl eine eifrig Glaubende gewesen sein!

Die alles beherrschende Farbe ist – wen wunderts – *Braun*! In verschiedenen Tönen, heller oder dunkler, mehr ins Beige gehend oder mehr Richtung dunkler Nuss, aber immer Braun. Sogar die Tapete samt drauf gemalten Blumen wirkt bräunlich!

Ich frag mich grad, ob man es mit der Unauffälligkeit auch übertreiben kann – selbst als alte Frau. Menschliche Wohnungen kenn ich ja hauptsächlich aus den Filmen vom iPad. Da sind die Fernseher meistens viel flacher, die Bäder haben eine Dusche, alles ist viel heller mit mehr Glas und Stein. Nur in den alten Schwarzweißfilmen finden sich Zimmer, die so ähnlich ausschauen, wie die hier. Altmodisch ist Mariannes Wohnung also, aber total pikobello sauber und ordentlich. Fast schon übertrieben, wenn Ihr mich fragt – und ich bin der Typ, der ständig sein Fell putzt …

Das geht übrigens so: Ich feuchte beide Vorderpfoten an und streife damit mehrmals energisch von oben nach unten über mein Schnäuzchen. Danach befeuchte ich die Pfötchen erneut und weite die beidseitigen raschen Wischbewegungen auf meinen ganzen Kopf inklusive Ohren aus: Pfoten befeuchten, wisch-wisch, Pfoten befeuchten, wisch-wisch, Pfoten befeuchten, wisch-wisch und so weiter, bis ich zufrieden bin.

Jetzt wende ich den Hals links und rechts jeweils um 120 Grad zur Seite und belecke und benage mehrfach ausführlich meine Hinterflanken. Anschließend sind meine Ärmchen an der Reihe und zwar vom Schultergelenk oben bis zum Pfotengelenk unten.

Weiter geht's mit meinem herrlich silbernen Bauchfell. Das striegle ich mit Zunge und Zähnen von oben bis unten. Schließlich schrubbe ich noch meinen langen dunkelgrauen Schwanz.

So eine Komplettwaschung, die ich mehrmals täglich durchführe, dauert übrigens zwischen zehn und zwanzig

Minuten – je nachdem, ob ich Zeit hab, oder im Stress bin.

Das alles beschreib ich Euch nur deswegen so genau, um uns endlich aus der Schmuddelecke herauszuholen, in die Ihr uns gesteckt habt! Ein bisserl positive Propaganda halt …

Jetzt schau ich mir Mariannes Wandbilder genauer an. Meist sind es verwaschene braune (!) Landschaften. Nur eines fällt aus dem Rahmen (wenn Ihr den Kalauer entschuldigt): ein Foto von einem alten Herrn, dichte Augenbrauen, ernster Blick. Das war vielleicht mal Mariannes Mann.

Plötzlich befällt mich Wehmut und ich muss an Sven denken. Wieviel Zeit wird uns wohl zusammen vergönnt sein?

Über diesen Gedanken erschrecke ich jetzt echt ein bisserl, weil er so gar nicht rattentypisch ist. Wir Nager leben meistens voll in der Gegenwart und schauen zuversichtlich nach vorn. Über die Vergänglichkeit des Seins nachzugrübeln ist … *menschlich*!

Der enge Kontakt zu Euch färbt also tatsächlich ein wenig auf mich ab! Oft finde ich das gut. Diesmal aber lege ich die Bremse ein und konzentriere mich bewusst auf meine Aufgabe und meine Rattensinne. Schon weicht das komische Gefühl.

Dafür fällt mir etwas auf. Obwohl Mariannes Wohnung was von einer dämmrigen Höhle an sich hat und trotz der Teppiche, die den Schritt dämpfen, wirkt sie nicht richtig gemütlich. Eher irgendwie streng. Vielleicht, weil jeglicher Schnickschnack fehlt, der sonst bei den Seniorinnen dieser

Welt massenweise herumzustehen bzw. –liegen scheint: keine gehäkelten Deckchen auf jeder waagrechten Fläche, keine kleinen Figürchen von Menschen oder Tieren (warum eigentlich immer nur Kätzchen und Schäfchen, aber nie ein Rattilein?!), keine Bücher, keine Schachteln mit Was-weiß-Ich drin – Hüten? Fotos? Briefen?

Na klar! Irgendwo *muss* Marianne mindestens *eine* Schachtel oder eine Schublade gehabt haben, in der irgendwelches Papier steckt. Ihr Menschen seid ja geradezu verrückt danach und braucht es für alles „Wichtige" – so für Steuerzeugs oder wenn Ihr den Kram bezahlen müsst, den Ihr gekauft habt und, ach ja! Auch solche Büchlein, die beweisen, dass es Euch gibt (geht's noch?!).

Kann doch sein, dass sich in dem Schreibzeugs ein Hinweis findet auf das, was mit Marianne passiert ist.

Die Möglichkeiten, wo das sein kann, sind begrenzt. Ich tippe auf die Schublade des Nachtkästchens, die Wohnzimmerkommode oder den Kleiderschrank. Das stellt mich vor ein Problem. Einen PC oder ein iPad anzuschalten, ist für mich leicht. Aber eine Schublade hab ich noch nie aufgemacht. Hab allerdings schon gesehen, wie das geht.

Was die mit jeweils einem Schlüsselchen versehenen Türen der Kommode oder des Schranks betrifft, fällt mir derzeit an Lösung ein: nullkommagarkeine. Dafür sind unsere Pfoten definitiv nicht gemacht, selbst wenn ich da hochkäme.

Also fang ich mit der Schublade des Nachtkästchens an und hoffe das Beste. Ich klettere an einem seiner zierlichen Holzbeinchen hoch. Oben angekommen krieg ich einen Megaschreck. Mir gegenüber bewegt sich etwas. Fast wär ich abgerutscht und wieder runtergefallen.

Dann schnall ich es: Der attraktive Rattentyp mir gegenüber trägt sein Rückenfell haselnussbraun mit schwarzen Spitzen. Sein Bauch glänzt hell und ich kenne ihn schon mein Leben lang. Kurz bewundere ich mich in dem Spiegelchen, das da an der Wand lehnt, dann rufe ich mich zur Ordnung.

Ich habe eine Mission zu erfüllen!

Vor dem Spiegel liegt ein Buch. Marianne hat also doch etwas gelesen. Ich versuche, den Titel zu entziffern, der in ziemlich verschnörkelter schmaler Schrift geschrieben ist: B-i-b-e-l. Bibel. Das kenn ich! Vom Bartl, Verzeihung, „Pater Bartholomäus vom Dom". Das ist das heilige Buch der – *Religionsgläubigen*. Sieht ziemlich zerlesen aus, dieses Exemplar und hat ganz viele Einmerkerl.

Doch deswegen bin ich ja nicht hier raufgeklettert. Ich betrachte also die Schublade von oben und stelle fest, dass der Griff für mich viel zu weit unten angebracht ist. Aber dort, wo die Oberfläche des Kästchens in die Lade übergeht, sehe ich einen kleinen Spalt. Ich zwänge probeweise eine Kralle hinein und versuche, den Spalt etwas zu vergrößern. Nix bewegt sich. Ich versuche es nochmal mit mehr Krallen und mehr Schmackes.

Pustekuchen! Ich brauch einen Hebel.

Da fällt mir ein, dass ich in so einem komischen Plastikgestell neben dem Spülbecken in der Küche einen Löffel hab liegen sehen. Den hol ich mir! Für einen flinken Rattenmann wie mich kein Problem: Im Turbogang flitze ich runter vom Nachtkästchen, rüber in die Küche, rauf auf die Ablagefläche, schnapp mir den Löffel quer ins Maul, rase das Küchenschränkchen wieder runter, zurück ins Schlafzimmer, das Nachttischbein hoch, bleibe mit dem einen Ende des Löffels am Schubladengriff hängen, schlage einen Salto nach links rückwärts und lande auf meinem Allerwertesten, den Löffel immer noch krampfhaft zwischen die Beißer geklemmt.

Meine Zähne fühlen sich an, als hätte ich auf einer Eisenstange gekaut wie die Pferde vor den Bierwagen beim Oktoberfestumzug und ich sehe alles doppelt. Als meine Augen wieder in die Parallele zurückgefunden haben, mach ich eine kurze Bestandsaufnahme. Gott sei Dank ist kein Zahn ausgebissen und alle vier Pfoten sind noch funktionstüchtig, der Rest sowieso.

2. Versuch – diesmal lass ich es langsamer angehen … Schließlich stehe ich samt Löffel heil auf der Nachttisch-Plattform. Ich setze mich auf die Hinterpfoten und nehme den Löffel am runden Ende ins Mäulchen – das Teil hängt mir jetzt längs vor der Figur. Dann umfasse ich den Löffelstil in Bauchhöhe, lasse mit den Zähnen los und klemme das Stielende vorsichtig in den Schubladenspalt wie vorher meine Kralle. Millimeter für Millimeter arbeiten sich meine Pfoten jetzt den Löffelstil hoch, gleichzeitig ziehe ich das zum Hebel umfunktionierte Esswerkzeug mit aller Kraft zu mir her und gehe langsam rückwärts.

Das Ganze ist eine echt üble Schinderei. Ich bin ja unter Rattens nicht eben schwach gebaut, aber die saublöde Schublade ist einfach uralt und klemmt. In den Filmen sieht das alles immer super einfach aus! Da gleiten die Schubladen hin und her, kaum dass sie angetippt werden!

„Herrgottsakra … Scheißglumpvarrekts!!!"

Schließlich reiße ich mit voller Kraft am Löffelstil. Einen kurzen Moment lang stemmt sich die widerspenstige Lade noch gegen meine geballte Rattenpower! Dann gibt sie nach.

Mit einem gewaltigen Ruck. Zum zweiten Mal an diesem Tag lande ich auf meinem Hinterteil.

Der Löffel klatscht mir mitten auf die Schnauze.

Nach einigen weiteren, wenig feinen traditionell bayrischen Ausrufen und einer wiederbelebenden Nasenmassage beuge ich mich von oben über die jetzt halb offen stehende Schublade.

5 Jede Menge Mäuse

Bingo! Der Kasten ist voller Papiere! Allerdings sind es so viele, dass ich von hier aus nicht entscheiden kann, welche vielleicht für mich brauchbar sind. Also lasse ich mich vorsichtig in die Schublade hinunter. Das Ding hält. Bemüht, mich möglichst wenig von der Stelle zu rühren, damit die Lade nicht ins Wanken gerät, wühle ich mit den Pfoten durchs Papier.

Da sind kleine Zettel drin mit gedruckten Zahlen drauf von einem „Aldi" oder einer „Penny". Außerdem ein kleiner Block, wo seitenweise Dinge notiert sind wie „Miete überweisen", „Bettwäsche in die Mangel geben" etc. Sicher Mariannes Todo Listen. Sie hat Gott sei Dank eine total ordentliche Handschrift mit Druckbuchstaben. Erinnert mich an die Hefte, in die die Erstklässler an der ISL ihre ersten Wörter gemalt haben.

Direkt neben dem Block liegt eine Art kleine dicke Mappe, mehr breit als hoch, mit schwarzem Einband und vielen hellen Blättern dazwischen. Auf dem Einband steht „Stadtsparkasse" und irgendwie hab ich das Gefühl, dass die Mappe wichtig ist.

Hmm, Sparkasse, da klingelt was bei mir. Irgendwas, wos um Geld geht.

Die Blätter enthalten ein Gewirr aus Zahlen und Buchstaben, mit dem ich zunächst nichts anfangen kann. Dann aber fällt mir auf, dass die Infos in vier Spalten gegliedert sind. Vorne links steht jeweils ein „Datum", dann kommen „Erläuterungen" und dann irgendwas, was mir nix sagt und rechts steht jeweils ein „Betrag".

Man braucht kein Genie zu sein, um zu sehen, dass das neueste Datum auf dem vordersten Blatt steht und die Blätter also immer ältere Infos enthalten, je weiter nach hinten man blättert. Naja und der „Betrag" ist dann wohl das Geld, um das es geht. Es gibt Beträge mit „-„ und welche mit „+". Das bedeutet sicher kommt dazu oder geht weg. Und zwar von Mariannes Geld, deren Name schließlich unten auf jedem Blatt steht.

Ha! Gut, dass ich in Mathe an der ISL aufgepasst hab!

Bei den Minus-Beträgen finden sich verschiedene Erläuterungen wie „Hausmann Miete", „Stadtwerke München Gas/Wasser/Strom" oder „Caritas", „Welthungerhilfe", „PLAN" oder „Ärzte ohne Grenzen". Bei den Plusbeträgen steht eigentlich nur eine Erläuterung: „Rentenversicherung Bund, Rente". Wie ich so durchblättere erkenne ich, dass sich jeden Monat vieles wiederholt. Miete und Rente und Strom verstehe ich, dafür müsst Ihr Menschen bezahlen. Schön dass wir Ratten mietfrei leben, denk ich dabei nicht zum ersten Mal. Und überhaupt ohne diesen ganzen Besitz-Stress.

Eine Erläuterung kommt jeden Monat wieder, die mir leider gar nix sagt: „Verein Blaublütige Bayern". Das werd ich mal im iPad „googlen", Verzeihung „enten" (bei duckduckgo.com). Will ja schließlich nicht zurückverfolgt werden, womöglich bis zu unserm Bau!

Jedenfalls bekommt diese Erläuterung 20 Beträge im Monat. Keine Ahnung, wieviel das ist, aber wenn ich von der Rente die Miete und die anderen Zahlen abziehe bleibt nicht mehr sehr viel übrig.

Ein rotes schmales Büchlein fällt mir jetzt ins Auge. Auch da drin steht „Sparkasse" und Mariannes Name. Und Datums und Beträge. Aha, hier geht's zeitmäßig andersrum, also das Neueste steht hinten.

Boha Mann, der Betrag, der auf dem letzten Blatt ganz unten steht ist anscheinend sehr hoch, weil sehr lang: Ich zähl mal – eins, zwei, drei, vier, fünf, sechs, sieben Zahlen vor dem Komma und zwei danach!

Jetzt fällt mein Blick auf ein kleines dunkelrotes Büchlein, das sich beim Aufklappen als Mariannes Pass entpuppt. Darin liegt ein dünnes Bildchen, das denselben Mann zeigt, den ich schon auf dem hängenden Foto gesehen hab. Drunter steht der Name „Kurt Kern" und ein Datum hinter einem Kreuz:

„17. Juni 2003. Ich weiß, was das bedeutet. Hat mir Bartl mal erklärt. Es bedeutet, dass der Mann auf dem Bild an diesem Datum gestorben ist. Vorsichtig klappe ich das kleine Heftchen auf, denn jetzt sehe ich, dass es zwei Seiten hat und lese den Text.

„Nach 56 Jahren Ehe bist Du von mir gegangen. In meiner Erinnerung lebst Du weiter bis wir uns einst wiedersehen am jüngsten Tag. Deine Marianne."

Hmm. Sehr rührend. Aber das verstehe wer will.

Wie kann Marianne glauben, ihren Kurt wiederzusehen? Ihr Menschen gebt mir immer neue Rätsel auf, kaum, dass ich einen Teil der alten entschlüsselt hab. Muss wohl etwas mit dem Religionsglauben zu tun haben, wenn ich die Bibel und die vielen Kreuze bedenke. Muss ich wohl den Bartl mal danach fragen.

Direkt neben mir fällt mir jetzt ein kleiner Stapel Briefe auf, zusammengehalten von einem blauen Band. Ich ziehe die Schleife auf und die Briefe rutschen auseinander. Sie sind alle an eine Marianne Hopfenbinder adressiert. Kenn ich nicht.

Momentmal – Marianne, na klar! So hieß die Marianne vor ihrer Heirat! Das macht Ihr Menschen ja so, dass die Weibchen hinterher wie der Mann heißen. Komisch. Naja, andre Art, andre Sitten.

Dann hieß ihr Mann also Kern. Wahrscheinlich sind auch die Briefe von ihm. Eine Untersuchung des Umschlags fördert allerdings nur immer den Vermerk „i. L." auf jeder Rückseite zu Tage. Was das wohl bedeutet hat?

Gerade bin ich ziemlich in der inneren Bredouille. Einerseits sind diese Briefe sehr wahrscheinlich sehr persönlicher Natur, gehören zur Intim-*Fähre* oder so – bei Euch Menschen gibt es doch sowas wie ein Geheimnis der Briefe. Das heißt, dass niemand anderes das Geschreibsel lesen darf als der, für den es geschrieben ist.

Andererseits möchte ich *tierisch* gern (im wahrsten Sinne des Wortes, kicher!) wissen, ob wirklich Mariannes Mann das alles verfasst hat. Und wie Eure Liebesbriefe so klingen! Außerdem sind inzwischen *beide* tot, Schreiber und Angeschriebene. Wessen *Fähre* könnte also noch verletzt werden!

Und hey, vielleicht steht da was drin, was für die Ermittlungen wichtig ist …

Ich will hier jetzt mal ehrlich sein: Im Grunde hat mein Gewissen bereits verloren, als ich die blaue Schleife entdeckt hab. Blau ist die Lieblingsfarbe von *Sven*! Bevor ich es mir noch einmal anders überlegen kann, ziehe ich behutsam ein gefaltetes Blatt aus dem nächstbesten Umschlag.

„Meine teure Marianne",

steht da in wunderschöner, fast gemalter Schrift geschrieben und daneben im Eck das Datum 5. Juni 1944.

„Heute habe ich erfahren, dass wir morgen nach Frankreich aufbrechen. Ich darf eigentlich niemandem davon erzählen, aber du _musst_ wissen, dass ich noch lebe, dass es mir gutgeht – soweit das unter den gegebenen Umständen möglich ist – und dass ich hoffe, dass all dies bald ein Ende hat, wie auch immer.

Ich wünsche mir nichts sehnlicher als noch einmal im Blick Deiner wunderschönen rehbraunen Augen zu versinken, Deine zarte kleine Hand in meiner zu spüren und vielleicht einen scheuen Kuss von Deinen weichen rosa Lippen zu rauben. Mein Leib ist hier, 1000 Kilometer von zu Hause entfernt, aber mein Herz ist bei Dir.

Ich weiß, dass ich selbstsüchtig bin und Dich freigeben sollte, um Deiner und meiner Seele Willen. Aber ich kann es nicht, Marianne, ich kann unsere Liebe nicht aufgeben! Ich hoffe und glaube fest daran, dass Du auf mich warten wirst und wir uns wiedersehen!

Ich umarme Dich innig
In Liebe,
Dein Kurt "

Auf einmal sehe ich auf dem Blatt kleine runde Flecken auftauchen und brauche eine Weile, bis ich merke, von wem sie stammen … Dann wische ich mir mit dem Pfotenrücken über meine Augen und schniefe ein wenig mit dem Näschen.

„Kurt ist heil zurückgekommen und hat seine Marianne gekriegt!", sage ich mir und fühle mich ein wenig getröstet.

Diese Briefe sind wirklich nicht für Außenstehende bestimmt, denke ich und fühle mich jetzt doch irgendwie schuldig. Sanft falte ich den Brief wieder zusammen und schiebe ihn zusammen mit allen anderen an den Rand der Schublade.

Einen Umschlag muss ich aber noch aufmachen. Dadrauf steht „Testament". Hab schon gemerkt, dass das für Euch Menschen superwichtig ist! Dadrin steht, wer das kriegt, was der Verstorbene besessen hat. Wieder etwas, das ich gar nicht begreifen kann. Von uns Ratten käme z.B. nie jemand auf die Idee, allein in einem Bau leben zu wollen. Naja, abgesehen vom Bartl …

Jetzt kommt mir ein Verdacht. Was, wenn der Erber oder die Erberin die ganze fette Kohle kriegt, jetzt, wo Marianne tot ist? Was, wenn er oder sie deswegen die Marianne …

Wie ich inzwischen mitbekommen hab, seid Ihr Menschen sogar bereit, für so viel Geld zu morden.

Mit heftig klopfendem Herzen versuch ich jetzt, den Umschlag mit der Aufschrift „Testament" zu öffnen. Gott sei Dank ist er nicht zugeklebt, sondern nur zusammengesteckt. Klar könnt ich ohne Probleme jeden beliebigen zuen Umschlag aufreißen. Aber das würde ziemlich deutliche Spuren hinterlassen, nichwah.

Drinnen find ich nur ein dünnes gefaltetes Blatt Papier, das ich vorsichtig mit der Schnauze aufschiebe.

„Ich, Marianne Kern, geboren am 9. Februar 1929 in München, bestimme hiermit im Vollbesitz meiner geistigen Kräfte, im Falle meines Todes meine einzig noch lebende Verwandte und Nichte, Angela Bruckner, geboren am 25. Juni 1955 als Angela Luisa Remscheidt, wohnhaft Nederlinger Straße 172, München Moosach, zur Alleinerbin.

München, den 28. Dezember 2013

Verfasserin: Kern, Marianne, Maxburgstraße 1a

Zeugin: Brunner, Erna, Maxburgstraße 1a"

Vor lauter Aufregung mach ich einen kleinen Hopser – leider ist das der Hüpfer, der das Fass zum Überlaufen bzw. die Schublade ins Wanken bringt. Eingebaute Reflexe sorgen dafür, dass sich meine vier Pfoten anspannen, sich abstoßen und mich wie einen Pingpongball aus der Lade raus und vorwärts in die freie Luft befördern.

Noch im Fallen drängt sich mir ein Gedanke auf: Das ist heute die dritte Arschlandung und wahrscheinlich die Strafe für meine Neugier. Als mein Hinterteil auf den

Teppichboden plumpst, stoße ich deshalb keine weiteren Schimpfwörter aus, sondern nehme den Schmerz demütig an. Da knirscht es über mir, ich hebe angstvoll den Kopf und sehe, wie sich das Ende der Schublade, die inzwischen weit herausragt, bedrohlich langsam in meine Richtung senkt. Anstatt wegzurennen, glotze ich die Lade an wie ein hypnotisiertes Kaninchen, das darauf wartet, dass die Schlange endlich zubeißt. Glücklicherweise hört das Knirschen ebenso plötzlich auf, wie es begonnen hat und die Lade bleibt stehen.

Ufff!!

Wahrscheinlich steckt sie fest – es lebe das alte, verklemmte Holzzeugs!

Eine Welle erleichterungsbedingter Entspannung überschwemmt jetzt meinen Körper. Ich genieße sie noch ein paar Sekunden, dann steh ich auf und tripple außer Reichweite, bevor es sich die Schublade doch noch anders überlegt. Gerade merke ich, dass seit einiger Zeit so ein komisches Gefühl an mir nagt. So, als wüsste ich etwas, als hätt ich etwas Wichtiges gesehn und komm einfach nicht drauf, was.

Aach - fällt mir jetzt nicht ein. Zurück zum Testament.

Es ist also tatsächlich so: Diese Angela Bruckner bekommt den ganzen siebenstelligen Schotter!

Wenn das kein Mordmotiv ist!

Die muss ich genauer unter die Lupe nehmen!

Moment mal! Diese Angela hat doch ihren Namen geändert. Das bedeutet, dass da auch ein Mann ist, der das alles miterbt. Oder? Dann kommt ja auch der als Mörder in Frage. Wenn es ein Mord war, wovon ich derzeit ausgehe.

Jedenfalls muss ich mir die zwei Beiden mal aus der Nähe anschauen. Glücklicherweise kenn ich ihren Wohnort aus dem Testament!

Mann oh Mann – und das alles vor der Polizei!!

Ich bin mal wieder ganz aus dem Häuschen und spring auf, um gleich loszudüsen.

Stopp Maxi!, ruf ich mir zu. Du musst erst mal Heim und rausfinden, welche U-, S- oder Straßenbahn Dich zur Nederlinger Straße bringt. Und natürlich bei Sven vorbeischauen. Sowieso fährt um diese Stunde mitten in der Nacht nichts Öffentliches.

Lautes Rumpeln an der Wohnungstür reißt mich aus meinen Gedanken.

„Was is denn jetz scho wieda los, Herrgottza!", schimpf ich vor mich hin.

Ähh – wenn ich mich aufrege, verfall ich gern ein bisserl ins Bayrische.

Die Polizei kann doch noch nicht vor der Tür stehn, oder? Wer sollte denn die Tote mitten in der Nacht in der Wittelsbacher-Gruft entdeckt haben?

Dann spür ich einen Luftzug, höre, wie eine Tür geschlossen wird und gedämpfte Schritte, die sich rasch nähern. Messerscharf folgere ich, dass ein Mensch die Wohnung betreten hat, gerade den Flur entlanggeht und gleich an der offenen Schlafzimmertür vorbeikommt, wo ich brettlbreit auf dem Teppich lieg.

Mein Kopf ruckt hektisch nach links und rechts auf der Suche nach einem Versteck. Das Bett hat zu viel Höhe zwischen Boden und Matratze.

Schon seh ich einen Alte-Dame-Schuh samt Fuß und blickdicht stützbestrumpftem Schienbein hinter dem Türstock auftauchen, da ras ich fix unters Nachtkastl.

Wie so oft, wenn ich in der Menschenwelt weile, schlägt meine Pumpe im sechsten Gang und – so scheint es mir – mit der Lautstärke einer Kirchenglocke. In Schockstarre hocke ich jetzt mittig unter dem kleinen Möbel, nur meine Schnurrhaare zittern leicht. Kurz darauf raschelt und klappert es im Wohnzimmer und damit ist klar, dass ich nicht entdeckt worden bin. Langsam lass ich die angehaltene Luft aus meinen Lungen entweichen.

Da fällt mir ein, dass die Schublade ja immer noch offen dahängt. Wollen wir mal hoffen, dass die Person, wer immer sie ist, nicht ins Schlafzimmer kommt!

Als mein Gehirn nach einem erneuten inneren Trommelwirbel in Herzgegend wieder zu arbeiten beginnt, seh ich den Fuß von vorhin mit seinem spiegelbildlichen Zwilling den Gang zurückkommen, lehne mich blitzschnell nach vorn und riskiere einen Sekundenblick nach oben: Alte Frau, dunkelblauer Faltenrock, weiße Bluse, ebensolche Haare, nettes Gesicht. Sie hat etwas Schwarzes Eckiges in der Hand. Ich höre, wie sie die Wohnung verlässt, die Tür hinter sich zuzieht und absperrt.

Jemand hat also einen Schlüssel für Mariannes Wohnung!

6 Maus in der Falle

Da es – zumindest für Euch Menschen – noch immer sehr früh am Morgen und relativ dunkel ist, beschließe ich, den kurzen Weg nach Hause in der noch herrlich frisch-kühlen Luft im Schlendergang zurückzulegen. Heut geh ich vom Frauendom aus mal durch die Schäfflerstraße, statt wie sonst durch die Albrechtgasse zum Marienhof – etwas Abwechslung muss schließlich manchmal sein. Und es ist ja kaum weiter.

Da komm ich dann natürlich zufällig am Polizeipräsidium Löwengrube vorbei, wo ich morgen Nacht hineingehen werde. Bei dem Gedanken muss ich schlucken.

Plötzlich sehe ich, wie sich an der Eingangstür zum Präsidium etwas bewegt. Reglos verharre ich an der Stelle der Hauswand, an der ich gerade noch entlanggehuscht bin, als ich Stimmen vernehme.

„Des is doch verrückt, Lisi. Muss der Pfarrer ausgerechnet heut unter Schlaflosigkeit leiden und a Leich entdecken! Um Dreiviertel Zwei in der Früh! Achte hätt auch noch greicht! Die Gruft entspannt und beruhigt ihn immer so, sagt er – ja, is des noch normal?!"

Das ist Kommissar Cem! Das sind Cem und Lisi, meine gute alte Oberkommissarin!!

So ein Gl…, so ein Pech! Jetzt komm ich grad nicht weiter, weil die zwei vor der Tür stehn und ratschn.

„Du weißt doch, Cem, dass die ersten 24 Stundn in am möglichen Mordfall die wichtigsten sind!"

„In dem Fall net, is doch wahrscheinlich eh a Unfall, so wie es „Mister Superspusi" Ignaz Schedlbauer beschriebn hat, des sag i dir.", entgegnet Cem. „Ausgrechnet heut, wo wir doch so spät erst zum Schlafn gekommen sind …".

Auf diese Bemerkung hin kichert die Lisi wie ein kleines Mädchen. Ich seh die zwei die Köpfe zusammenstecken und hör ein deutlich schmatzendes Geräusch.

Jaaa!!

Cem hats geschafft und Lisi erfolgreich angebaggert!!

Nach seinem marathonlangen Dating-Anlauf beim letzten Fall, der parallel zu meinem ewigen Liebeskummer mit Armand in der Vor-Sven-Ära stattfand, freut mich des *ganz narrisch* für die Zwei!!!

Lautlos stoße ich in meinem Versteck die Faust dreimal gen Himmel, während Cem und Lisi Arm in Arm in Richtung Michaelikirche davonschlendern.

Jetzt will ich nur noch heim und vorher kurz noch was essen.

Apropos essen – ich riech da was. Und nicht nur irgendwas! Sondern eine astreine, supersaftige, mit 100 Prozent Biofleisch (Nutztiere sollten ein tierwürdiges Leben gehabt haben!) belegte und mit ein bisserl Ketchup belegte FLEISCHPFLANZERLSEMMEL!

Über mich muss man eines wissen. Ich gehöre zu den herzlichen, aber vernünftigen Typen, die stets ihren Verstand eingeschaltet lassen, außer beim Thema F-SEMMEL. Wenn auch nur ein Atom einer solchen mein Riechgerät entert, ists um mich geschehn!

Bevor ich überhaupt gemerkt hab, dass ich nicht mehr vor dem Polizeipräsidium hocke, trab ich bereits, vom Duft der F-SEMMEL ferngesteuert, durch die Hartmannstraße in Richtung Promenadeplatz. Dort angekommen, überquere ich die schmale Straße und steuere auf das Objekt meiner Begierde zu. Es liegt zwei Meter vor mir, direkt auf dem Rasen. Ganz in der Nähe von der Gedenksäule für diesen Popstar. Hab vergessn, wer das ist. Interessiert mich momentan auch nicht die Bohne.

Als ich meine Beißerchen in die Semmel versenke, spür ich genau, wie sie die resche Kruste durchdringen, dann das weiche weiße Innengewölle und schließlich das einmalig deftig-salzige safttriefende Pflanzerl selbst, dem der Ketchup einen Klecks Süße verleiht. Ich könnte sterben für einen solchen Augenblick. Mit geschlossenen Augen beiße ich immer wieder Stücke aus dem kulinarischen Kunstwerk, rieche, schlecke, schmecke – und höre einen lauten Knall.

Dann wird es plötzlich stockdunkel.

Diesmal schlägt mein Herz nicht mehr rasend schnell – es setzt aus. So geht also sterben, denk ich.

Des wars, Maxi. Jetzt gibst den Löffel ab.

Ohne mit Sven das Band gehalten zu haben. Was er wohl sagen wird, wenn er es erfährt?

Endlich merk ich, dass ich wohl nicht so mit mir reden könnte, wenn ich wirklich schon ins Gras gebissen hätte. Außerdem hat mein Herzschlag wieder eingesetzt. Wenn auch auf eine irgendwie schmerzhafte Weise und so, dass es in meinen Ohren rauscht.

Ich versuche, mich zu beruhigen.

„Krieg erstmal raus, was überhaupt passiert ist, mein Junge", denk ich in möglichst ruhigem Ton zu mir selbst.

Da die Sicht gleich Null ist, taste ich mich vorsichtig vorwärts. Zentimeterweise. Schließlich stoßen die sensiblen Tasthaare an meinem Schnäuzchen an ein Hindernis.

Eine Wand. Aus Holz.

Dasselbe auf allen vier Seiten. Ein Kasten. An einer Ecke sind zwei kurze Metallschienen angebracht. Ich hock mich auf die Hinterpfoten und richte mich auf. Sehr bald schon stoße ich mit dem Kopf an die Decke des Kastens.

Viel Fantasie brauch ich nicht, um mir klarzumachen, dass die Metallschienen Scharniere sind.

Ich bin in eine Falle gelaufen.

Gott sei Dank in eine Lebendfalle …

Bevor ich darüber nachdenken kann, wie lange ich hier drin ohne Wasser oder Nahrung überstehen kann, setzt ein lautes Geschrei ein.

„Ey Leute, wir ham was gefangen! Da rappelt was in der Kiste!! Is das geil oder was?!"

„Jetz mach Dir mal nich gleich ins Hemd, Alter. Bleib cool."

„Ich will sehn, was da jetzt drin is, Mann! Is doch logisch! Deswegn ham wir den ganzen Zirkus mit der Scheißfrikadelle doch veranstaltet!"

„Soll er doch nachschaun und sich in die Griffel beißen lassen. Und lass mich endlich auch mal ziehen!"

Was ich jetzt rieche, haut mich fast um. Ein penetranter Gestank nach verbranntem Grünzeug. Irgendwie süßlich.

Der Kasten, in dem ich sitze, hat an einer Seite unten einen Minischlitz, da kommt jetzt ein bisserl Licht rein.

Und eine Schwade Rauch.

Hey, je mehr ich davon einatme, desto besser find ich den Geruch! Hat eindeutig was! Ich hab meine Lage wohl völlig falsch eingeschätzt. Eigentlich ist die Kiste mega gemütlich. Jetzt fühl ich erst, wie überirdisch schön sich die Holzmaserung anfühlt! So … hubbelig uns knubbelig und – ich kichere vor mich hin.

Mit wachsender Begeisterung fahre ich die glatten Stellen und die sanft hervortretenden Windungen des Holzes mit meinen Pfoten nach – das fühlt sich sooo … extrem *tastig* an …

Da klappt plötzlich die Scharnierseite des Kastens auf und landet krachend auf dem Boden.

Irgendwie sind meine Reflexe grad recht langsam. Nur so kann ich mir erklären, dass die riesige Hand, die jetzt durch die Öffnung schießt, mich grapschen, aus der Kiste reißen und hochheben kann.

Ein Mensch hat mich so fest gepackt, dass ich kaum mehr Luft kriege. Seine große Nase ist nur zehn Zentimeter von meiner Schnauze entfernt, seine stieren Augen glotzen mich an. Speicheltröpfchen fliegen mir ins Gesicht, als er unnatürlich schrill und laut gackert wie ein Huhn.

„Kickerrikiiieee"!!!

Plötzlich lachen und schreien mehrere Menschen ohrenbetäubend laut durcheinander und versuchen, nach mir zu greifen.

Schlagartig bin ich nicht mehr relaxt, wie gerade eben noch – warum eigentlich? – sondern megapanisch. Ich MUSS fliehen, aber ich kann mich nicht bewegen.

Der Typ, der mich in der Hand hat, drückt noch fester zu, schwenkt mich in alle Richtungen und rennt mit mir herum.

Andere Hände stoßen an mich dran und mir wird zunehmend schlecht und schummrig. Bald kann ich nicht mehr atmen.

„TU WAS, MAXI!",

schreit es in mir, aber meine Pfoten gehorchen mir nicht. Auch meine Zähne nicht.

Da höre ich, wie jemand ganz laut in mir ruft:

„SVEN WARTET AUF DICH UND SIRKIT AUCH!!

Ich zwinge mich zu äußerster Konzentration, sammle all meine verbliebenen Kräfte und beiße in die Finger, die meinen Bauch zusammenquetschen.

Ein gellender Schrei folgt, ich falle und fange noch in der Luft an zu rennen. Völlig kopflos jage ich quer über Gras, Kopfsteinpflaster, springe über Bordsteine, tauche unter Gestrüpp durch, renne und renne und renne bis ich nicht mehr kann.

Tief verborgen in einem Wust aus Pflanzen bleibe ich liegen.

Atemlos.

7 Der Mäuse Flüsterer

Als ich in den Bau zurückkehre, bin ich total am Ende. Wie ich heimgekommen bin – keine Ahnung. Ich schlurfe durch die Gänge und Kammern, ohne nach links oder rechts zu schauen, ich will nur zu Sven.

Mich in seine Arme werfen.

Seine Wärme spüren.

Ihm mein Versagen beichten.

Endlich hab ich ihn gefunden! Er genehmigt sich gerade einen Snack: Gott sei Dank ist er allein. Er hebt den Kopf, unsere Blicke treffen sich. Sofort schießen mir Tränen in die Augen und Svens Gesichtsausdruck wechselt schlagartig von „freudig" zu „besorgt".

Mit hängendem Kopf bleibe ich vor ihm stehen. Zärtlich stupst er mich mit seiner Schnauze in den Nacken.

„Was ist denn passiert, Maxi?", fragt er mit sanfter Stimme.

„Ich bin ein Versager! Ein Junkie! Ohne jedes Verantwortungsgefühl gegenüber Dir oder meiner Aufgabe!", platzt es aus mir heraus.

„Du solltest mich in den Wind schießen, Sven! Du hast was Besseres verdient!"

Ich schau ihm jetzt in die Augen, die Wut auf mich selbst gibt mir gerade wieder ein bisschen Energie.

„Bitte sag doch, was los ist, mein Schatz.", fragt Sven jetzt noch einmal mit leiser aber fester Stimme, die nur ein klitzekleines bisschen zittert.

„Ich …"

Beim ersten Anlauf versagt mir die Stimme, beim zweiten schaff ich es dann doch:

„Ich hab mich von einer Fleischpflanzerlsemmel ablenken lassen und damit in Lebensgefahr gebracht. Ich hab die scheiß Semmel gerochen und mein Gehirn ausgehängt! Als ich gemerkt hab, wo mich die Duftspur hingelockt hat, war es zu spät! Ich bin mitten in eine Falle getappt, wie ein Säugling! Da waren plötzlich Menschen, die wollten mich behalten, abrichten, braten, keine Ahnung – jedenfalls war ich in ihrer Gewalt!

Wir schweigen beide eine kurze Weile, dann hab ich mich wieder im Griff.

„Ich bin dumm und unzuverlässig, Sven. Du darfst nicht das Band mit mir halten. Sonst kommt eines Tages Marktschreier zu Dir und sagt, dass Dein Lebenspartner irgendwo im Rinnstein liegt."

Nach diesen Worten lass ich mich auf die Erde sinken, lege meinen Kopf auf die Pfoten und mache die Augen zu.

Plötzlich spüre ich Svens Fell an meiner linken Körperseite, das an Kuscheligkeit einfach nicht zu überbieten ist. Eine ganze Weile schweigen wir beide und ich spüre, wie Svens Wärme langsam in mich eindringt. Bis sie mein Inneres aufgeheizt hat, als läg ich direkt neben einem Kachelofen.

Gleich geht es mir wieder ein bisschen besser – obwohl ich das gar nicht verdient hab.

Wieder spricht Sven zu mir. Ganz nah und leise und ruhig und sachlich.

„Maxi, hör zu. Ich werde mit Dir das Band halten und wenn ich Dich am Nacken packen und zur Zeremonie schleifen muss. Und deshalb werde ich Dir helfen, wie man das eben so macht, wenn man sich liebt. Zu zweit werden wir Deine F-Semmel-Sucht bezwingen."

Jetzt kullern die Tränen nur so aus meinen Äuglein, meine Vorderpfoten sind schon ganz nass. Ich drehe meinen Kopf zu Sven und vergrabe meine Schnauze tief in seinem Fell.

„Ich liebe Dich", ist das Einzige, was ich herausbringe. Es klingt kläglich hoch und verheult – und deutlich gedämpft durch Svens Haarfülle.

Aber ich weiß, er hat mich verstanden.

Nach einer langen, erholsamen Restnacht und einem dreiviertel Tag Schlaf an Svens Seite – gefolgt von einer ausgiebigen Phase aktiverer Kommunikation zwischen uns beiden – mache ich mich um ca. 22 Uhr Menschenzeit mit neuem Mut auf zu Angela Bruckners Wohnung. Wie ich im iPad auf mvg.de herausgefunden hab, kann ich mit öffentlichen Verkehrsmitteln leider nicht bis vor die Haustür fahren. Ich tingle mit der U6 ab Marienplatz bis zum Sendlinger Tor, steige dort in die U1 Richtung Olympia Einkaufszentrum (OEZ) um und fahre bis zum Westfriedhof. Dauert nur ca 13 Minuten, wenn ich gleich den Anschluss kriege.

Für den Rest der Strecke von etwa 1 Kilometer brauch ich rund 4,6 Minuten. Ihr Menschen schafft den selbst im Dauerlauf nur in ca. 7,5 Minuten. Außerdem könnt Ihr bei Weitem nicht so lang durchhalten, wie wir Ratten. Einmal im Tritt, können wir praktisch ewig weiterlaufen. Naja, nicht *ganz* ewig. Aber doch sehr, sehr lang! Und bedenkt mal, wieviel mehr Schritte wir mit unseren kleinen Rattenbeinchen wuseln müssen, als Ihr mit Euren langen Haxn …

Entschuldigt meine Angeberei. Ich weiß, ich sollte mich in Demut üben. Auch wir Ratten sind nicht perfekt. Es ist nur … Wir haben eben einen dermaßen schlechten Ruf bei Euch, das schmerzt mich und ab und zu nehm ich es persönlich. Wir sind einfach nicht die ekligen Dreckfresser, als die Ihr uns oft seht.

Wir sind nicht nur recht schlaue, sondern auch sehr reinliche Tiere, helfen uns gegenseitig, wo wir können und ernähren uns meist vegetarisch, nur als Ergänzung mögen wir auch Fleisch. Zugegeben, ich als Wanderratte bin dem Fleischgenuss mehr zugetan, als meine kleineren Verwandten, die manche von Euch als Haustiere halten: die Farbratten. Besonders, wenn es sich um FL…, wenn es sich um FLEI…, wenn es sich um F-Semmeln handelt.

Und gerade in einer hippen Stadt wie München halten wir uns vorzugsweise an Biokost. Dass wir dabei auf liegen Gebliebenes zurückgreifen müssen, ist nicht unsere Schuld. Ihr macht halt jedes Mal einen Wahnsinnszirkus, wenn wir uns auch nur in der Nähe Eurer Gebäude aufhalten. Deswegen machen wir alteingesessenen Stadtratten inzwischen einen Riesenbogen um Eure Gaststätten und Läden.

Aber jetzt muss ich all denen unter Euch, die mich noch nicht von meinem letzten Fall her kennen, etwas gestehen:

Ich bin häufiger Nutzer Eurer Öffentlichen Verkehrsmittel. Äh, unentgeltlich, sozusagen … Weil, ich lege mich – möglichst außerhalb der Stoßzeiten – im Schotter- bzw. Zwischengleisbereich vor einem U- oder S-Bahnhof auf die Lauer. Oder in der Sicherheitszone neben dem Gleis unter Euren Bahnsteigen. In die passt im Notfall übrigens sogar ein Kinderwagen, hab ich mal gelesen. Wenn dann eine Bahn einfährt und über mir ein hektisches Gedränge ein- und aussteigender Menschen einsetzt, such ich mir in aller Ruhe eine der Metallstreben aus, die an der Unterseite der Bahnen angebracht sind, schwinge mich hinauf und kralle mich fest. Die Metallschienen sind Gott sei Dank nie ganz glatt geschliffen, sondern mit zahlreichen Hubbeln und Kanten versehen.

Ja, ich *weiß*, es ist Schwarzfahren! Aber mal ehrlich – tut das irgendwem irgendwas? Ich nutze ja nicht mal die Sitzbezüge ab! Übrigens fahr ich auf ähnliche Weise auch Straßenbahn, wenn auch nicht ganz so gern. Weil es da nämlich keine Metalllatten gibt, sondern nur eine große Metallklingel. Ihr könnt Euch die akustischen Schockwellen vorstellen, wenn die ausgelöst wird, während Unsereiner draufsitzt …

Allerdings beim Bus ist Ende der Fahnenstange. Den kann ich nicht benutzen. Das Einsteigen wär zwar super bequem, gerade wo es jetzt in München nur noch diese praktischen Niederflurteile gibt. Aber da unbemerkt reinkommen, selbst wenn fast nix los ist, kannste knicken.

Deshalb also Fußmarsch vom U-Bahnhof Westfriedhof, statt einfach den 164er bzw. 165er Bus zu nehmen.

8 Wie Katz und Maus

Angela Bruckner plus Mann leben im guten alten Stadt-teil Moosach. Gibt es übrigens als Dorf schon mindestens seit dem Jahr 807. Die Location war aber wohl schon seit der jüngeren Steinzeit ständig besiedelt. Wurde 1913 ins Stadtgebiet von München eingemeindet und ist einer der ältesten Orte in München und Umgebung. Und genau in der Nederlinger Straße, wo unsere Erbin wohnt, steht auch der älteste Baum Münchens, die Röth-Linde mit sat-ten 317 Lenzen. Alte Bäume achten und ehren wir Ratten. Bäume sind unsere Freunde.

Bruckners Haus ist direkt an ein anderes drangebaut. Das wiederum grenzt direkt an ein weiteres an usw. Die Häuser sehen alle ziemlich gleich aus, nur die Wandfarben sind unterschiedlich. Und die Haustüren. Die Tür von Bruckners ist aus Metall und – soweit ich das beurteilen kann – ziemlich neu. Wirkt irgendwie edel, so dunkel- und hellgrau mit Glaselementen drin. Schick. Vermutlich teuer … So wie auch der blitzblanke, noch kaum benutzt wir-kende Steinweg und die Treppe zur Haustür.

Warum ich das alles so genau sehen kann? Weil wir Rat-ten, neben unserem ausgezeichneten Geruchssinn und Gehör auch noch supergut im Dunklen sehen können, sobald auch nur ein bisschen Licht in der Nähe scheint. Naja, da wir hier in einer Großstadt leben, trifft das prak-tisch überall zu. Der kleine Garten vorne führt an der Sei-te des Hauses als schmaler Streifen nach hinten. Da mar-schier ich jetzt mal hin.

Keine Sekunde zu früh! Kaum bin ich um die Ecke verschwunden, hör ich, wie die Brucknersche Haustür aufgeht. Dem Getrampel nach zu urteilen, latschen mindestens zwei Menschen die kurze Treppe hinunter. Aber da ist noch was. Getrippel wie von kleinen Füßchen. Haben die Bruckners vielleicht ein Kind? Na, mit einem Minimenschen w3rd ich ja wohl spielend fertig!

Hochmut kommt vor dem Fall. Dieses Sprichwort meiner Oma erweist sich schlagartig als wahr, als zwei Dinge gleichzeitig passieren: Ich kapiere, dass die leiseren Schritte nicht menschlichen, sondern tierischen Ursprungs sind und ein Pesthauch trifft mein hoch empfindliches Näschen. Mein Gehirn schreit das Wort

„Hund!!!"

Kurz vor einer Panikattacke, drängt mich alles in mir, auf und davon zu rennen. Jetzt!! „Extremes Auschecken!!", wie Stefan zu Erkan gerne sagt … Meine verfluchte Neugierde, die diesmal durchaus „der Ratte Tod" sein könnte, lässt mich verharren, alle Muskeln angespannt, zur Turbodüsenflucht bereit.

Ich weiß auch nicht, worauf ich hier noch warte.

Will ich die Hunderasse bestimmen, oder was?

Letztlich erweist es sich als gut, dass ich geblieben bin. Der Hund der Bruckners ist nämlich offensichtlich ein bisschen betagt, um nicht zu sagen steinalt. In meinem Blickfeld angekommen, wackelt sein Hintern in kleinen Schlangenlinien und mit total steifen Beinchen hinter Herrchen und Frauchen her.

Trotzdem – der Typ ist ein Rauhaardackel. Bayrischgrantig, hinterfotzig und vom Typ „Jagdhund"! Zu Eurer

Info: Mit Katzen werd ich fertig, da hab ich bekanntlich so meine Methode. Aber Kö…, äh *Hunde*, sind völlig anders gestrickt. Ich weiß, Ihr Menschen mögt die total gern (Neid!!). Natürlich handelt es sich großenteils um wunderbare Geschöpfe, treu, verschmust (sind wir auch!), intelligent (…).

Aber die Exemplare mit den Jagdhundgenen sind anders. Wenn die Dir auf der Spur sind, jagen sie Dich bis sie ihre dicken Beißer in Dein Fell versenken können und lassen auch dann nicht los, wenn Du mit ihnen Huckepack ins Wasser springst und im Marianengraben abtauchst oder vom Fernsehturm hüpfst. Will heißen, Jagdhunde haben im Jagdfieber nur noch *eine* Gehirnzelle, ihr Überlebensinstinkt hat sich ins hinterste Eck verkrochen.

Noch anders ausgedrückt, sind Hunde auf der Jagd *dumm* und *sehr gefährlich*, weil nicht manipulier- bzw. stoppbar! Also Vorsicht, Herr Maxi-der-sich-für-schlauer-hält-als-die-Polizei-erlaubt!

Mit gebührendem Abstand folge ich Familie Bruckner in Richtung Wintrichring. Es ist schon spät, deswegen sind kaum Leute unterwegs. Auch nicht mehr viele Autos. Nichtsdestotrotz hoffe ich inständig, dass wir nicht den achtspurigen Wintrichring überqueren müssen. Der bietet Unsereinem nämlich bis auf einen kleinen Grasstreifen in der Mitte keinerlei Deckung und die Autofahrer rasen dort wie die gesengten Säue.

Gott sei Dank hat das Universum mein stummes Flehen erhört. Kurz vor der Straßenkreuzung biegt das Trio scharf links ab. Mitten rein in die Pampa, die hier als grüne Restfläche der Münchner Bebauungswut bisher widerstanden hat. Prima! Lauter Büsche, Bäume, Wiese und ein schmaler Pfad, der den Weg der Bruckner Family vorbestimmt. Für eine Observierung ideal.

Ich husche von Busch zu Büschchen hinter meinen Zielpersonen her, die bisher noch kein Wort gesprochen haben. Dann rückt Papa Bruckner allerdings von jetzt auf gleich mit brisanten Informationen raus. Im Flüsterton zwar – aber was hab ich Euch über unsere Rattensinne gesagt?

„Es wird langsam Zeit! Die nächste Rate is scho überfällig, der Bank-Heini hat heut schon wieder angrufen. Wenn des Geld net bald aufs Konto kommt, übernehma die noch unser Haus!"

Angelas Antwort allerdings kann nicht mal ich verstehn. Sie säuselt tonlos und ich muss näher ran. Als das Dreigespann grad stehenbleibt, um „Mr. Wienerdog" die Gelegenheit zu geben, seine sicher schon etwas abgestandene Marke an einer Eiche zu setzen, robbe ich ganz professionell meinen Zielobjekten im Schutz der hohen Halme und der Dunkelheit bis auf drei Meter auf den Leib. Dort bleib ich platt wie eine Flunder am Boden kleben und spitze die Lauschlappen.

„Hoffentlich habn wir das alles net umsonst gmacht. War ja ganz schön anstrengend und Nerven hats auch kostet. Wenn ich nur dran denk, wie wir die …"

„WRRARRRAFFF!!!"

HEILIGER BIMBAMM!

Der Scheißköter hat sich unbemerkt an mich herangeschlichen und reißt grad sein Maul auf, um zuzubeißen!

Pfui Deibel, stinkt der aus demselben!

Ich spring einen Meter in die Höhe, vollführe in der Luft einen halben Rittberger und renne um mein Leben.

Pflüge durchs Gras, zickzacke zwischen Gestrüpp und Bäumen, rase, hetze, sprinte was das Zeug hält. Die ersten zwanzig Meter hab ich als Vorsprung gewonnen, aber jetzt holt die Töle auf!! Ganz deutlich kann ich sein asthmatisches Geröchel näher rücken hören. Es schwillt an und ab, wie bei einem alten Gaul im vollen Galopp.

Nix mehr zu merken von Hin- und Her-Gewackel! Auf einmal läuft der Wadenschnapper wie eine eins!!

„Donald, komm her!", hör ich den Bruckner von weit hinten rufen.

„Was ist denn da? Lass das Eichhörnchen in Ruhe! Bei Fuß!!"

Eichhörnchen!!??

Also das geht zu weit! Nicht nur, dass wir mit den zugegebenermaßen elegant aussehenden, aber ziemlich fiesen Vogelnest- und -brauträubern nichts, ähh kaum was, äähh *wenig* gemeinsam haben. Die Flauschies pennen doch um diese Uhrzeit längst alle! Mal ehrlich, von Biologie haben viele von Eurer Spezies nicht wirklich viel Ahnung!

Und „Donald" – das erinnert mich an was …

Plötzlich hab ich nur noch Asphalt unter den Pfoten, offensichtlich ist das Ende der Grünanlage erreicht, ich rase ungebremst weiter. Fiffis Atem kann ich jetzt fast im Nacken spüren.

Ich falle eine Rattenlänge nach unten, „Bordstein" kann ich grad noch denken, dann flitzen meine Pfoten quer über die Straße, um Autos kann ich mich jetzt nicht kümmern.

Da hör ich das Donnern. Es kommt von rechts und mit atemberaubender Geschwindigkeit näher. Vermutlich ein Lastwagen. Scheiße – ich lauf hier wohl grad auf dem Wintrichring rum, das senkt meine Lebenserwartung drastisch. Wenn mich der Beißer nicht erwischt, dann wahrscheinlich die nächste Lebensmittellieferung für Rewe.

Im besten Fall verewigt er den Kläffer im Beton!!

Das Donnern ist in ein Brüllen übergegangen, der Untergrund vibriert, ich hab komplett die Orientierung verloren, fetze einfach weiter. Ich denk noch, ob die um diese Uhrzeit überhaupt noch fahren dürfen, da brettern die gefühlt 10 Meter hohen Reifen des Lasters eine Schwanzlänge hinter mir vorbei. Ein gewaltiger Luftzug erwischt mich, reißt mich mit und ich lande wie betäubt, immer noch auf der Straße.

Ich schüttel den Kopf, um wieder klar zu werden und schau mich um. Etwa zehn Meter neben mir liegt das verharmlosend „Zamperl" genannte Mistvieh – *und lebt noch!!!*

Grad wackelt er mit dem Schädel, genauso wie ich und schon hat er mich wieder erspäht.

„WRRRIIEFF – WRRRAFF!!!", weiter geht das Ringelspiel. Ich geb wieder Fersengeld, bald geht mir die Puste aus. Wie schafft das alte Wrack hinter mir das bloß!? Plötzlich taucht vor mir im Asphalt ein Metallgitter auf. Dicke Stäbe mit breiten Zwischenräumen, die einen Blick in ungeahnte Tiefen freigeben. Ohne nachzudenken mach ich einen Hechtsprung in die erste Lücke – und bleib stecken. Köpfchen und die Vorderpfoten sind drin, der Rest ragt auf äußerst unwürdige Weise in die oberirdische Luft.

Guten Appetit, Mr. Donald.

Ich *weiß*, schon lange wollt ich mein kleines Bäuchlein wieder abflachen, aber Sven ist ein Gurrmeeh, so wie ich und ich habs einfach nicht geschafft.

Es wär eine Riesengemeinheit, deswegen jetzt ins Gras zu beißen!

Also rudere ich mit meinen Ärmchen, winde mich, versuche mich zu drehen, ziehe den Bauch ein, puste alle Luft aus meinen Lungen. Über mir ist der Köter angekommen, sein röchelnder feuchter Atem kontaminiert mein Hinterteil.

Mit einem „Flumpsch" rutscht mein Allerwertester zwischen den Stäben durch, ich höre das scharfe Klacken von Dackelzähnen, die leer aufeinanderschlagen, Sir Warwohlnixes Wutgeheul und befinde mich im freien Fall.

9 Maus auf Turkey

Zurück im Bau fühle ich mich ungeachtet der vielen Schlafstunden gestern total ausgelaugt. Trotzdem muss und will ich, bevor ich mich schlafen lege, noch ausgiebig Fell und Pfoten säubern, die unterhalb des Gullideckels mit unappetitlichen Substanzen in Berührung gekommen sind.

Ich wills mal so ausdrücken: Ein Reinraum sieht anders aus. Riecht auch anders.

Als ich nach der halbstündigen Putzaktion meinen Liebsten am Rand eines ungemein gemütlich aussehenden Knäuels aus schlafenden Clanmitgliedern entdeckt habe, docke ich volle Breitseite an ihn an und sinke augenblicklich in Morpheus Arme.

„Guten Morgen, Maxi!", begrüßt mich Sirkit, als ich etliche Stunden später in Richtung Vorratskammer unterwegs bin, mit einem herzlichen Lächeln um ihr Mäulchen.

Schnauzewetzen ist nicht, weil ihr Jüngster schon weiterhastet und Sirkit kaum hinterherkommt.

„Warte mal kurz!" ruft sie laut im Feldwebeltonfall und „pfeigrad" bleibt der Nachwuchs wie angewurzelt stehn.

Gut dressiert, denk ich bei mir.

„Du weißt, dass Sven ein Goldschatz ist, Maxi?"

War das jetzt eine Frage, eine Feststellung, oder was? Mir ist natürlich klar, dass ich mit Sven das ganz große Los gezogen hab. Das muss mir niemand extra sagen! Bevor ich Protest anmelden kann, fährt Sirkit fort:

„Er ist gestern Abend und heute früh stundenlang kreuz und quer durch die Stadt geflitzt auf der Suche nach frischen F-Semmel-Resten. Die hat er angeschleppt und in eine kleine Plastiktüte reingetan, die er in der Umgebung gefunden hat. Das Ganze hat er in ein Loch, das er in den Boden unserer Vorratskammer gegraben hat, hineingetan. Nachdem er die mit gemops…, äh ge*funden*en Eiswürfeln gefüllt hatte. Die F-Semmel soll möglichst lange haltbar bleiben."

Zur Erklärung, was Sirkit meint, muss ich Euch sagen, dass wir Ratten einfach super sind im Dinge finden. Wir sehen sie unbeobach…, unbe*acht*et rumliegen und, ahm, nehmen uns ihrer an. Ja – wir kümmern uns darum, bis …, damit sie nicht verloren gehen.

Wär doch schad!

„Sven will mit Dir so eine „Deh-sen-si-billi-si-rung" durchführen", erklärt Sirkit weiter. „Das heißt, dass Du stufenweise lernst, F-Leckerbissen zu widerstehen. Das hat er in einem youtube-video von so einem Psychologen gesehen. Du sollst jetzt gleich zu ihm in seine Lesekammer kommen!"

Da ihr Junior jetzt immer zappeliger wird, geht Sirkit wieder ihrer Wege.

Mir ist bei ihrem Bericht ganz warm ums Herz geworden. Das tut mein Liebster alles für *mich*! Sofort hab ich wieder ein schlechtes Gewissen, weil ich ihn umgekehrt zurzeit so vernachlässige. Die Zeremonie rückt immer näher und ich düse in der Weltgeschichte rum! Einmal mehr denke ich, dass ich Sven gar nicht verdient hab.

Auf der Suche nach ihm sehe ich die kleine Selina, die irgendwas Glänzendes im Ohr hat. Als ich nachfrage, erklärt sie mir stolz, dass sie den Winz-Ohrstecker am Marienplatz nahe Swarowskis entdeckt hat.

Die traut sich ja ganz schön weit weg vom Bau. In ihrem Alter war ich noch viel unselbständiger.

Gerade pesen ein paar junge Ratzen an mir vorbei. Sie grüßen mich mit „Sire". Häh, seit wann sind die denn so respektvoll? Der Lukas redet die Anna mit „Dehnärris" an und schreit ihr zu, dass sie sofort die „*Klaven*" befreien müssten.

Was sind *Klaven*?

Nachdem ich ihn in der hintersten Kammer, in die er sich gern zum Lesen zurückzieht, gefunden hab, erklärt mir Sven, dass die ganzen Halbwüchsigen aus dem Bau zurzeit tierisch auf ein Buch namens „Gäim of Throuns" abfahren. Sven liest ihnen seit Kurzem jeden Tag ein Kapitel daraus vor.

Mann, oh Mann, wir verändern uns wirklich! Der Clan rast mit Hochgeschwindigkeit in die Zukunft. Ist das jetzt gut, oder schlecht? Keine Ahnung – vermutlich beides. Außerdem ist es ist vor allem eines: spannend!

Mit einem mulmigen Gefühl im Magen starte ich Minuten später und völlig unvorbereitet meine erste *Desybilli...*, *Dehsense...*, Entwöhnungsstunde bei Dr. Psych Sven.

Er lotst mich in die Vorratskammer, die etwas tiefer liegt, als unsere Wohnkammern. Dann bugsiert er mich ans Ende der Vorratskammer und ich sehe, dass mein Liebster nicht nur einen kleinen Kühlraum für die F-Semmel-Probe gebuddelt hat – sondern außerdem eine komplette neue Kammer. Die ist zwar wesentlich kleiner als unsere Wohn- und Schlafkammern, aber zwei Ratten haben dort mehr als genug Platz.

Das ist auch gut so, wie mir meine Götterratte sogleich mitteilt. Der Plan, den sich Sven ausgedacht hat, ist nämlich folgender: Ich steh an der linken Kammerwand, die F-Semmel-in-der-Tüte liegt am Boden vor der rechten Kammerwand. Sven steht in der Mitte, ebenfalls an der Wand. Zuerst soll ich die Luft anhalten und die Augen schließen.

Dann wird Dr. Psych. die F-Semmel aus der Hülle nehmen und auf diese drauflegen. Schließlich verzupft er sich mittig an die Wand, so dass ich quasi freien Zugang zu meinem Suchtmittel hab. Den ich natürlich nicht nutzen soll, auch, wenn ich dann die Äuglein aufschlage und mein Riechorgan wieder ungehindert seine Arbeit tun kann.

Mit der Zeit soll ich die Dauer, während der ich dem betörenden Duft ausgesetzt bin, mehr und mehr verlängern und immer näher an die F-Semmel dranrücken. Die höchste zu erreichende Stufe wäre es, wenn ich eine F-Semmel zum kleineren Teil essen und den Rest dann stehenlassen könnte. Aber das ist fernste Zukunftsmusik und etwas, das nicht alle von uns Suchtln schaffen.

Als Belohnung gibt's immer ein Schnauzenbussi von meinem Liebsten.

Vor allem aber das tolle Gefühl, Herr meiner Handlungen zu sein.

Soweit die Theorie.

„Bist Du bereit Maxi?", fragt Sven jetzt.

Wegen der Pfoten, die meine Nase quetschen, bringe ich nur ein gedämpftes „hüoah" zustande.

„Dann lass los!"

Svens Stimme klingt auf einmal nicht mehr vertraut. Sondern sehr nüchtern und distanziert. Wenn ich allerdings ehrlich bin, ist das erst mein zweiter Gedanke, nachdem ich meinen Riechkolben freigegeben habe. Und ich denke ihn bereits, um mich abzulenken von meinem ersten Gedanken.

Der eigentlich gar kein richtiger Gedanke ist. Eher ein überdimensionales Bild, das in meinem Gehirn aufpoppt, als ich den kümmerlichen Bissen F-Semmel am anderen Ende der Kammer liegen sehe.

Das einer wunderbaren, riesigen, frischen, frei schwebenden Fleischpflanzerlsemmel, die sich wie im Werbespot genüsslich langsam um sich selbst dreht.

Bio-Hackfleisch glänzend vor Bratfett.

Ab und zu fällt ein Tropfen heißer Fleischsaft zu Boden und mir läuft das Wasser im Mund zusammen.

Plötzlich schlägt der Bratgeruch zu wie ein Hammer. Alles in mir ist ausgefüllt mit dieser königlichen Köstlichkeit und dem unbeschreiblichen Verlangen, mich auf sie zu stürzen.

Ich hab mich aufgerichtet und nach vorne gelehnt.

Jedes einzelne Haar auf meinem Körper ist angespannt vor Erregung, mein Magen knurrt laut wie eine wütende Katze.

Es kostet mich alles, was ich an Kraft aufbieten kann, auf meinem Platz stehen zu bleiben.

Kurz bevor ich die Kontrolle verliere und losrenne, höre ich Svens Stimme, von weit, weit her.

„Du *kannst* es, Maxi. Du *kannst* der Gier widerstehen. *Du* bist der *Herr* über Deine Sinne. *Du* bist der *Herr* über Dein Gehirn. Du hast die *Wahl* der Entscheidung."

Svens Stimme holt mich ein bisschen runter von meinem Trip. Nur ein bisschen. Aber das reicht, um ein weiteres, sehr kleines Fenster, neben dem überdimensionierten Abbild der Versuchung in meinem Bewusstsein zu öffnen.

Und es reicht aus, um eine neue Empfindung zu wecken: Wut. Genaugenommen eine Scheißwut! Und zwar auf Sven!

Was bildet sich dieser schweinchenschlaue Lackaffe eigentlich ein?!

Hat der mir zu sagen, was ich tun oder lassen soll?!!

Jetzt fress ich das Teil erst recht!!!

Grad noch rechtzeitig fällt mir auf, dass ich eben dabei bin, mich selbst reinzulegen. Mir eine miese Ausrede zu verschaffen. Nach dem Motto: Nicht *ich* bin Schuld, wenn ich die F-Semmel fresse, sondern *Sven*! Ich will die Verantwortung auf ihn abwälzen.

Verflucht sei die verdammte Ehrlichkeit mir selbst gegenüber, mit der ich schon immer geschlagen bin!

Auf einmal merk ich, dass meine Wut die Gier etwas zurückgedrängt hat. Richtig eingesetzt ist sie vielleicht eine Stärke, eine Waffe gegen die Sucht.

Ich erkenne allerdings auch, dass ich jetzt mit meiner Kraft komplett am Ende bin. Kurz vorm Zusammenbrechen.

Da spüre ich Svens warmes Schnäuzchen, das mehrmals zärtlich in meine Backe stupst. Der F-Semmel-Duft hat deutlich an Schärfe verloren, nur noch ein Hauch liegt in der Luft der Kammer. Sven muss die Probe wieder eingepackt und weggeräumt haben.

Hab ich gar nicht mitgekriegt.

10 Games of Mice

Wie aus einem Alptraum erwacht starre ich Sven benommen an. Er lächelt und seine Stimme klingt wieder sanft und liebevoll.

„Du hast Dich mehr als tapfer geschlagen, Maxi. Für das erste Mal war das eine gewaltige Leistung. Du hast diesem extrem starken Reiz ganze fünf Minuten widerstanden!"

„Moment mal", begehre ich auf.

„Fü… – lächerliche, verdammte pfurzkurze fünf Mini-Minuten?! Mir kam es vor wie eine halbe Stunde!! Wie soll ich jemals suchtfrei werden, wenn ich nur ein paar Minuten durchhalte?!!"

„Langsam, Maxi. Sei nicht so streng zu Dir. Das war Deine erst Desi-Stunde und Du warst so nah bei Deinem Suchtmittel, ohne es zu fressen, wie noch nie! Um ehrlich zu sein, habe ich für die erste Stunde mit einem „Sündenfall" gerechnet. Dass Du gleich am Anfang widerstehen kannst, hätt ich nie gedacht! Ich bin ja so stolz auf Dich, Maxi!

Wenn wir weiterüben, wirst Du es immer länger aushalten, bis hin zu dem Gefühl, Dein Verlangen nach Fleischpflanzerlsemmeln im Griff zu haben. Nenn sie nur beim Namen. ‚Angst vor einem Namen macht nur noch mehr Angst vor der Sache selbst', hat einmal ein schlaues Mädchen in einem Buch mit einem Zauberschüler namens Harry Potter gesagt. Verleih der Fleischpflanzerlsemmel keine ‚magische Macht'. Die hat sie nämlich nicht.

Übrigens hatte ich zwischendrin mal kurz die Befürchtung, Du gehst mir gleich an die Gurgel", fügt Sven nach einer Pause hinzu. Ein süffisantes Lächeln umspielt seine Lippen.

Ich werde rot unterm Fell und schaue betreten auf den Boden vor meinen Pfoten.

„Mach Dir deswegen keine Gedanken, Maxi. Das kommt anscheinend zwischen Therapeut und Klient öfter mal vor. Ist fester Bestandteil des Heilungsprozesses und eigentlich gar nicht so unerwünscht."

Ich will schon wieder aufbrausen, ihn anschreien, dass er ein aufgeblasener, räudefelliger, kleiner ... – da seh ich, dass Sven jetzt über beide Rattenohren grinst.

Ich geb ihm einen satten Knuffer in die Bauchgegend und schon kugeln wir über den Boden und balgen uns wie die Rattenkinder.

Sven und ich kommen grade von einem ausgiebigen Frühstück zurück, da ertönt aus Wohnkammer 2 lautes, fast hysterisches Gefiepe.

„Was ist da los?", frage ich.

Sven gibt mir einen ratlosen Augenaufschlag und wir drängeln uns durch die umstehenden Artgenossen in Richtung Lärmquelle.

Vorne angekommen, sehe ich Armand, meinen „Ex" – naja wir waren nie wirklich zusammen, weil Armand ja so total hetero ist. Also um ehrlich zu sein, war ich halt völlig halt- und hirnlos in ihn verliebt, bis mir klar wurde, dass das keine Zukunft hatte.

Jedenfalls steht Armand, nein er kauert eher in einer Art Angriffsstellung vor einem hübschen jungen Rattenmann. Armands Fell ist im höchsten Maß aufgestellt, wodurch er wie ein feingliedriger, flauschiger Ball aussieht. Zudem pustet mein Ex in rascher Folge und heftig Luft aus. Das tun wir Ratten als letzte Drohgebärde. Es heißt: Wenn Du nicht sofort abhaust, stürz ich mich auf Dich!

Wieder erzielt mein ehemaliger Schatz nicht *ganz* die erhoffte Wirkung. Statt ein gefährliches Zischen von sich zu geben, klingt Armand eher wie ein Blasebalg, dem zwischendrin immer mal wieder die Luft ausgeht …

Carmen, Armands Dauerfreundin und die Verführung – ebenso wie die Untreue – in Person, hat ihren wunderschönen, in tiefbraunes, hochglänzendes Fell gekleideten Körper gerade elegant an mir vorbeigeschoben, mir einen triumphierenden Blick aus ihren tollen, großen, pechschwarzen Augen zugeworfen und tippelt jetzt ohne jede Eile auf den Ausgang zu.

Mehr brauch ich an Info gar nicht, mir ist sofort klar, um was es geht. Leider hat mich Armand jetzt entdeckt. Hört kurz auf zu pumpen und dreht seinen edel geformten Kopf in meine Richtung.

„Mahgsi, Mahgsi, isch 'alt das nischt mehr aus!! Sie 'at misch schon wieder 'intergangön, diesö Schlampö!! Isch bring sie um, isch schwörs!!

Isch lass ihr die Luft raus und diesöm geschniegeltön *Milschbubi* gleisch miet!!!"

Dabei hat er wieder den jungen Ratter vor ihm mit stierem Blick fixiert. Der ist sichtlich nervös und weiß nicht, wie er sich verhalten soll. Er ist etwa einen halben Kopf größer und hat zehnmal mehr Muskeln als Armand, der zwar eine sehr gepflegte, gutaussehende Erscheinung ist, aber eben keine extrem sportliche.

Bei einem Zweikampf hat der Typ Armand aufgemischt, bevor der „banzai" schreien kann … Und das weiß der Junge auch.

Um eine Eskalation zu vermeiden, gehe ich auf Armands „Hilferuf" ein. Der mich nicht wirklich vom Sockel reißt, weil genau solche Situationen schon immer *das* Dauerthema in der auf- und abschwellenden Beziehung zwischen Armand und Carmen waren.

Ich weiß inzwischen, dass beide diesen emotionalen Kick in regelmäßigen Abständen brauchen. Am Schluss kommt Carmen nämlich jedes Mal wieder „reumütig" zu Armand zurück. Die Versöhnung muss ja echt immer der Hammer sein, wenn Armand sich dafür jedes Mal den ganzen Stress antut …

Und noch eine Info für Euch: Bei dem drohenden Kampf würde bei uns Ratten keinerlei Blut vergossen. Allenfalls würde Armand ein paar Tage über blaue Flecken (unter dem Fell nicht sichtbar) klagen und über Gliederschmerzen, verursacht von einem viel schwereren Rattenmann, der ihn kurz mal plattgedrückt und so gezeigt hat, wo der Bartl den Most holt.

„Armand", sage ich deshalb mit sanfter Stimme. „Lass den Jungen in Ruh. Du weißt, dass es Carmens Schuld ist und dass ihr kein Ratter widerstehen kann. Du selbst bist das beste Beispiel dafür."

Jetzt fällt Armands Körper in sich zusammen wie ein gepiercter Luftballon. Seine Schnauze zeigt Richtung Boden, als er kaum hörbar flüstert:

„Ach Mahgsi, Du 'ast ja Rescht …"

Diesen Moment nutzt der „angeklagte" Ratter und verdrückt sich durch die Menge.

„Du musst ihr den Kopf zureschtsetzön, Mahgsi. So kann es niescht weiterge'ön! Mein armes 'erz packt das niescht mer!"

Ja, tatsächlich hab ich früher in solchen Fällen die Kastanien für Armand immer aus dem Feuer geholt. Ich hab nachspioniert, besänftigt, vermittelt, bis mein Herzbube wieder mit seiner Herzdame zusammen war – er glücklich und ich Kreuz unglücklich … Jetzt sehe ich nicht nur, wie dumm ich damals war, sondern auch, dass ich Armand gar nicht wirklich geholfen hab.

Und, dass ich endgültig über ihn hinweg bin.

Deshalb sag ich zu ihm mit leiser aber fester Stimme:

„Ich werde *nicht* mit ihr reden, Armand, das würde nichts ändern. Es tut mir sehr Leid, aber ich muss Dir sagen: Werd endlich erwachsen! Du weißt, wie Carmen tickt. Entweder Du bleibst bei ihr und akzeptierst sie so. Oder Du trennst Dich von ihr. Auch andere Rattenmütter haben schöne Töchter …

Ich wünsch Dir eine gute Entscheidung, Armand.

Und viel, viel Glück, dass es die richtige ist."

Irgendwie hab ich grad einen Anflug von Traurigkeit. Schließlich hasse ich Armand nicht, sondern mag ihn immer noch – als wohlwollender Freund. Wie er so dasteht wie ein Häuflein Elend, das tut mir einfach weh. Aber da muss er jetzt alleine durch, niemand kann ihm da helfen.

Schließlich gebe ich Sven einen zärtlichen Nasenstupser und wir verlassen zusammen Wohnkessel Nummer 2.

Obwohl es noch ziemlich früh am Morgen ist, lassen wir uns im Kessel Nummer 3 direkt neben ein paar bereits schlafenden Clanmitgliedern Fellseite an Fellseite nieder. Da ich nachts wieder unterwegs sein werde, muss ich dringend vorschlafen. Sven, der Liebe, leistet mir dabei Gesellschaft. Toll, dass wir Ratten auch tagsüber bequem pennen können, wenn uns danach ist. Das Problem mit dem durchs Fenster scheinenden Sonnenlicht haben wir auch nicht. Und verdient haben wir uns das ausgiebige Nickerchen nach den ganzen Aufregungen und der Arbeit der letzten Zeit auf jeden Fall.

11 PC Maus in Aktion

Es ist mal wieder Nacht, als ich mich dem Gebäude – von Schatten zu Schatten huschend – von der Frauenplatz-Seite her nähere. Das Polizeipräsidium wird, obwohl der Haupteingang inzwischen längst an der Ettstraße liegt, immer noch überall nach deren Querstraße „Löwengrube" genannt. Seit die gleichnamige Fernsehserie anno dunnemal die Gemüter der Münchner mit Spannung und Stolz erfüllt hat.

Nicht, dass es mir bei meinem letzten Besuch im Polizeipräsidium schlecht gegangen wäre. Aber es ist für Unsereinen immer äußerst unangenehm, deutlich sicht- und jederzeit entdeckbar mitten in Menschengebäuden rumzuhocken. Vor allem in so großen, unüberschaubaren. Es ist das Gefühl, dass jederzeit einer von Euch Zweibeinern daherkommen könnte. Bei Marianne Kerns Wohnung war das noch nicht so schlimm, weil ich da wusste, dass sie nicht mehr kommen kann.

Wobei – da hab ich mich ja auch geirrt, was die Sicherheit betrifft. Das Auftauchen der anderen alten Frau hat mir einen gehörigen Schrecken eingejagt!

All sowas triggert einfach meine angeborenen Ängste als Ratte. Hinzu kommt, dass Lisi Moosgruber mich am Ende unseres letzten Falles *gesehen* hat. Sie weiß jetzt, dass es mich gibt und dass ich möglicherweise irgendwann wieder in ihren PC gucke. Zum Beispiel jetzt. Vielleicht hat sie sogar eine Falle aufgestellt!!

Nein, das würde meine Lisi mir nicht antun, versuche ich mich zu beruhigen. Und hoffe, dass sie außerdem ihr Passwort nicht geändert hat.

Ich nehme wie schon beim letzten Mal das Lüftungsrohr vom Vorplatz des Frauendoms als meinen privaten VIP-*Ontreh*, spaziere kurz gradeaus und stemme mich dann, zunehmend gestresst, drei Stockwerke nach oben. Uff! Hab ganz vergessen, wie verdammt anstrengend meine Besuche hier sind!

Bevor ich das kleine rostige Gitter vor dem Rohrende in der Wand von Lisis Büro beiseiteschiebe, schau ich mich diesmal allerdings erst *ganz* genau um. Beim ersten Mal hat Lisi nämlich im Dunkeln vor ihrem Schreibtisch gesessen und ich wäre ihr beim Abstieg fast auf den Schoß geplumpst. Mein Lüftungsrohr endet nämlich an der Wand hoch über und leicht schräg direkt hinter Lisis Arbeitsplatz.

Meine Inspektion mittels Auge und Nase ergibt diesmal 0,0% lebendes Menschenmaterial. Also hangle ich mich an der nahen Kletterpflanze entlang nach unten, natürlich in Turbogeschwindigkeit, schließlich bin ich eine Ratte. Dann platziere ich mich auf Lisis Schreibtisch vor der Tastatur.

Noch einmal hoffe ich inständig, dass die gute Polizeioberkommissarin Moosgruber immer noch ihr altes Passwort benutzt – sonst schau ich mit dem Ofenrohr ins Gebirge!

Ich tippe drauflos – was, wie Ihr Euch sicher vorstellen könnt, bei meiner Größe und Euren Kingsize Tastaturen nicht gerade einfach ist. „Der Benutzername bzw. das

Kennwort ist falsch", erscheint prompt auf dem Bildschirm als Belohnung für meine Bemühungen.

Na klar! – *Müssen* Polizisten nicht regelmäßig ihre Zugangsdaten ändern?

„Scheißdreck verdammter!" Wie um alles in der Welt komm ich jetzt an die Dateien dran?

Ich versuche mich durch Atemübungen zu beruhigen. Hab ich kürzlich mal gehört, als sich zwei Mädels auf einer Bank im Marienhof über „Jo-Ga" unterhalten haben. Wenn man total nervös oder stinksauer ist, kann man sich beruhigen, indem man einige Zeit länger aus- als einatmet, ohne Pause dazwischen. Ich schnaufe also *ein* …2 …3 …4 *und-aus* …2 …3 …4 …5 …6 *und-ein* …2 …3 …4 *und-aus* …

Nach ein bis zwei Minuten Jo-Ga-Übung wird aus meinem aufgebrachten Keuchen tatsächlich ein halbwegs normales Schnaufen.

Drei weitere Minuten später atme ich total relaxt vor mich hin, wiege mich beim Einatmen ein bisserl nach vorn, beim Ausatmen wieder ein wenig zurück. Wie eine sanfte Welle in einem ruhigen See. Hmm, das ist ja sooo entspannend, dass ich gar nicht mehr aufhören möchte.

Irgendwo draußen knallt eine Autotür zu und haut mich aus meiner Trance. Verwirrt schüttle ich den Kopf und erkenn, dass ich grad beinah eingepennt wär.

„Kruzenesn!

Wenns Dich in der Früh hier findn, ghörst der Katz, Maxi! Reiß Dich zsam!!"

Der erlebte Schreck war anscheinend nicht nur für meine Glieder heilsam, sondern auch für mein Gehirn: Ich hab jetzt ein paar Ideen, was für Passwörter sich Lisi ausgedacht haben könnte. Wenn man mal davon ausgeht, dass sich ihr Name nicht geändert hat. Auch, wenn sie und Cem jetzt ein Paar sind, glaub ich nicht, dass sie schon geheiratet haben. Das geht bei Euch Menschen nach meiner Erfahrung nicht so schnell ...

Das Passwort „Ratte" würde meinem Ego ebenso schmeicheln wie „Rattenermittler" oder „Rattenbond", funktioniert aber nicht. „Cem", für ihren Kollegen und jetzigen Lover haut ebenso wenig hin wie „ Cemkurnaz" – ich hatte gedacht, dass sich Lisi vielleicht schon mal an den neuen Nachnamen gewöhnen will (kicher!). Außerdem ist das alles ein bisserl einfach und taugt nicht als sichere Verschlüsselung.

„Cemratte" verbietet sich angesichts des (verletzend!) negativen Klangs, den der Name unserer Spezies bei Euch Menschen hat, von selbst. Das gleiche gilt für „Rattencem". Ich probiere all diese Ideen noch mit verschiedenen Groß-Und Kleinschreibweisen, aber nichts passt.

Jetzt mach ich hier schon wer-weiß-wie-lange rum und hab noch kein Fitzelchen Information abgegriffen. Meine angeborene Nervosität ist auf dem besten Weg, zurückzukommen!

Was, wenn Lisi, obwohl das kaum einer macht, die wirklich als sehr sicher geltenden Passwortregeln umgesetzt hat: mindestens neun sinnfrei angeordnete Zeichen, darunter ein paar Zahlen und Satzzeichen, Klammern oder so + unregelmäßig verteilte Groß-/Kleinschreibung? – *Jaaa*, ich *hab* mich auf diesen Moment vorbereitet!

Oder wer sagt mir denn, dass Cem und ich Lisis Herz am nächsten stehen? Vor allem, was mich betrifft spricht hier – sind wir mal ehrlich – doch nur mein Wunschdenken.

Sicher hat Lisi andere Verwandte und Hobbies oder ein Lieblingsbuch oder einen Lieblingsfilm oder, oder …

Aber nein, ich glaube Lisi soweit zu kennen, dass sie da altmodischer ist. Doch es gibt tausende von Möglichkeiten und Assoziationen! Zum Beispiel könnte aus „Cemratte" ein „Cemrate" werden, von „raten" oder ein „Cemunrate" statt „Cem-und-Ratte". In einem letzten verzweifelten Aktionismus hacke ich meine Wortassoziationen auf der Tastatur ein: „RatemalCem", „RattenCem", „Rattenjam", "Rattenmarmelade", oder …

Ich bin drin.

Ich bin drin!!

„Rattenmarmelade" ist Lisis derzeitiges Passwort.

Während ich noch darüber nachgrüble, ob ich jetzt geschmeichelt oder verärgert sein soll, öffnet meine rechte Pfote (ich bin Rechtspföter) bereits den Ordner mit dem neuesten Datum, tituliert mit „Todesfall Marianne Kern", den Lisi gleich mitten auf dem Desktop abgelegt hat. Innerhalb des Ordners finde ich Dateien zu Marianne Kern persönlich, ihrem Umfeld, der Spurensicherung – hey, die sind aber fix! Die Datei „Obduktion" ist noch leer. Natürlich, da hätt ich auch drauf kommen können, dass das nicht so schnell geht.

Ich werd doch nicht nochmal hierher kommen müssen!? Den Gedanken schieb ich erstmal beiseite.

Wie schon bei meinem ersten Mordfall öffne ich zunächst die Datei „Marianne Kern": Marianne Kern, geborene Hopfenbinder, 9.2.1929 München – also war sie 85 Jahre alt – war früher Krankenschwester. Hat 1947 geheiratet, keine Kinder, seit 2003 verwitwet, ihr Mann hieß, wie ich bereits weiß, Kurt.

Das heißt, dass sie 18 war bei der Hochzeit und er 28.

Mann, die beiden waren *56 Jahre* verheiratet! Für unsereins einfach un-vor-stell-bar!

Aber weiter im Text:

Marianne war sehr christlich eingestellt und hat in ihrer Pfarrei viel geholfen, z.B als Haushaltshilfe oder Daheim-Betreuung von Kranken, in der Ausgabe von Essen der „Münchner Tafel" an Bedürftige, beim Sortieren von gebrauchter Kleidung für Flüchtlinge.

Dabei gab es noch eine andere Frau, die ebenfalls hypersozial gewesen sein muss: Ludmilla Rosner. Da scheints eine gewisse Konkurrenz gegeben zu haben zwischen den Mädels, wer der bessere Mensch ist. Geht das nur mir so, oder klingt das irgendwie unlogisch?

Jetzt möchte man meinen, der Pfarrer Westermaier sei der Hahn im Korb gewesen – aber weit gefehlt! Die Marianne hat ihn beim Bischof verpetzt. Weil er einer geschiedenen Frau, die nach den Regeln der Kirche noch nicht geschieden war, erlaubt hat, die heilige Kommunion (?) zu empfangen. Muss ich nachher im iPad checken. Gab ziemlichen Ärger für den Pfarrer. Der wird jetzt anscheinend woanders hin versetzt.

Das kapiere wer will.

Jedenfalls wird der Herr Pfarrer hier als „potentiell verdächtig" ausgewiesen, „im Falle eines Tötungsdelikts"

Ach, da steht ja noch was: Marianne hat vor etwa 7 Jahren ein paar Grundstücke geerbt. Hier in München! Ein dankbarer krebskranker und kinderloser Mann, den sie wohl lange intensiv betreut hat, war Gärtnereibesitzer gewesen. Seine Felder lagen einmal vor dem Stadtrand. Später gehörten sie zum Stadtgebiet München und sind im Wert extrem gestiegen, als aus Ackerflächen Bauland wurde. Marianne hatte wohl mit Bauen nix am Hut und hat alles verkauft.

Jetzt erinnere ich mich! Der letzte Eintrag in dem roten Büchlein war von 2007! Dann war tatsächlich ein Haufen Geld im Spiel. Immer ein gutes Mordmotiv bei Euch Menschen!

Mal sehen, wer das erbt …

Da! Angela Bruckner, Nichte der Verstorbenen … „mögliche Verdächtige".

Das will ich meinen! Ich bin ja seit meinem Besuch bei den Bruckners noch nicht richtig zum Nachdenken gekommen. Aber für mich ist ganz klar: Die sind hochverdächtig, falls der Tod von Marianne Kern ein Mord war. So wie der Mann über das Geld gesprochen hat, das endlich kommen muss, damit „sie" ihnen das Haus nicht wegnehmen! Zu dumm, dass dann das mit Donald Zamperl passiert ist und ich nix weiter hören konnte.

Klar, bei denen muss ich noch das Haus filzen. Weiß bloß nicht, wie ich das machen soll, wo doch der blöde Hund da is. Aber jetzt les ich erstmal weiter. Vielleicht gibt's ja noch andere Verdächtige, die ich vorher besuchen kann, bis mir mit dem Brucknerdackel was einfällt.

Als engere Freundin taucht eine Erna Brunner auf. Hey, die wohnt auch in der Maxburgstraße 1a! Wenn ich mal davon ausgehe, dass Marianne und Erna sich die Wohnung nicht geteilt haben – ist bei Euch Menschen ja nicht so üblich, warum ist mir schleierhaft – ist Erna wohl eine Nachbarin.

Ja da hol mi doch die Katz! Ich wett, dass des die alte Frau war, die mi in da Marianne ihrer Wohnung überrascht und fast zu Tode erschreckt hat!

12 Maus am Mutmaßen

Und wieder hab ich das komische Gefühl, irgendwas Wichtiges gesehen zu haben – des mir partout nimma einfallt!

Zefix!

Was das jetzt alles bedeutet, weiß ich auch nicht auf die Schnelle, also weiter – und wieder in Hochdeutsch, damit Ihrs alle verstehen könnt, auch die Ortsfremden:

Marianne war Mitglied in einer Gruppe, die sich „Verein Blaublütige Bayern" nennt. Hmm. „Blaublütige", das sind doch Adlige. Aber soweit ich das hier seh, sind die Mitglieder überhaupt nicht adlig. Keine Titel. Sie bewundern und verehren die Adligen nur. Jaja, auch das ist möglich.

Oh! Von den Blaublütigen heißt eine Rosa de Luca – ah, un nome italiano, wie lautmalerisch!

Ein anderer Pseudoadliger heißt Toni Perzinger. Der wollte anscheinend mehr von Marianne, als die ihm zu gewähren bereit war. Uns Mariannle hat ihn wohl mehrfach abblitzen lassen, was ihn zutiefst betrübt haben soll.

Von den Blaublut-Leuten wird hier einer als ein weiterer möglicher Verdächtiger hervorgehoben:

Der dritte eventuelle Täter – langsam werdens ein bisserl viele – heißt Udo Krämer und hat ein Feinkostgeschäft. Marianne hat ihn beschuldigt, dass er abgelaufene Ware verkauft. Und zwar öffentlich, vor versammelter Mannschaft.

Manno! Kann es sein, dass die liebe Marianne ein bisserl fanatisch rübergekommen is? Da fällt mir auf: Wie passt

Mariannes „Geben-ist-seliger-denn-Nehmen"-Einstellung eigentlich mit ihrem dicken Sparbuch zusammen? Häh?!

Ein paar Zeilen weiter find ich die Antwort: Gerade letzte Woche hat Marianne mit ihrem Bankberater darüber gesprochen, das Geld komplett in einer von ihr gegründeten christlichen Stiftung anzulegen. Na, wenn das ein Zufall ist, dass sie kurz darauf stirbt, fress ich einen Besen. Und warum hat sie eigentlich so lange gewartet mit dem Geld Anlegen?

Fragen über Fragen. Mir schwirrt schon der Kopf. Das sind ja bis jetzt schon vier Verdächtige, wenn man Angelas Mann mitzählt. Wie soll ich die nur alle observieren!? Jetzt überspults mich grad komplett! Aber, wozu bin ich eine Ratte. Ein Herdentier, ein Teamplayer. Ich hol mir einfach Hilfe von Meinesgleichen. Da fallen mir auch gleich zwei Ratzen ein …

Noch was Interessantes steht hier: Marianne hatte durch die Mitgliedschaft in dem Blaublütigenverein den Schlüssel zur Wittelsbacher Gruft, weil sie dort im Untergeschoß der Michaelskirche öfters hinter der kleinen Kasse saß. Sie war nämlich ein Fan der alten Königsfamilie und hat sich in der Gruft gerne aufgehalten. Weil es dort so still war und man sich in eine geordnetere Zeit zurückversetzt fühlte.

Brrr. S'Mariandl und ich hattn ganz klar nicht denselben Gschmack!

Die nächste Datei präsentiert sich eher übersichtlich. Die Spurensicherer haben scheints nicht viel gefunden. Keine äußeren Verletzungen/keine Abwehrverletzungen, Kleidung nicht derangiert, also hat kein Kampf stattgefunden … nirgends fremde Fingerabdrücke, weder auf bzw. in der Tasche. Auf dem dünnen Papierchen, das ich auch entdeckt hatte, konnten die Spurenleser leider keine Abdrücke feststellen, weil das total zerknüllt war. Nur Spuren von Schokolade – keine Überraschung!

Ausweis, Krankenversichertenkarte, EC-Karte, Perso, zwei Zehn-Euro- und zwei Fünf-Euro-Scheine, drei Ein-Euro-Münzen, ein Fünf-Cent-Stück. Und eine Einladung zum Frühlingsfest des Blaublütigen Vereins für – hey! Für Morgen Abend! Praktischerweise mit Adresse. Ich ahne, dass dort ein wirklich „blaublütiges" Wesen teilnehmen wird: Moa.

Ihr lacht? Sirkit, die ursprünglich als Austauschrättin aus dem indischen Agra nach München gekommen ist, hat mir erzählt, dass die Ratte bei den Hindus als heiliges Tier gilt. Im Karni Mata Tempel in Rajastan werden wir Ratten mit Leckereien gefüttert und gehätschelt!

Zurück zum Fallbericht.

In unmittelbarer Umgebung der Toten keine neueren Fußabdrücke entdeckt, keine die ihre überlagert haben.

Die einzigen Spuren, die in der Tasche entdeckt wurden, außer denen von Marianne sind die eines Nagetiers.

„Scheißglumpvarrekts!!"

Jedsmal wieder vergess ich, dass Ihr Menschen ganz schön ausgschlafen seids!

Ich hab mich noch nicht von dem Schock eben erholt, da **„RRRINNGt!!"** es aus dem PC.

Ich hopse rückwärts, wirble panisch um die eigene Achse, denke, ich bin entdeckt, werde eingesperrt, verhört, hingerichtet.

Als auf dem Bildschirm ein Fenster aufpoppt.

Nur mit Mühe gelingt es mir, meine tellergroßen Pupillen auf die kleinen Buchstaben scharfzustellen.

„Lisi, Du hast eine neue Mail", teilt das hilfsbereite *und sauscheißnervtötende* Mailprogramm mit.

Einatmen – Ausatmen – Zählen.

Wie gehabt.

Schließlich klicke ich das Fenster an und werd netterweise direkt auf die richtige Seite weitergeleitet. Die oberste Mail ist dunkler als die anderen, die muss es wohl sei. Ich mach sie auf.

Sieh da, die Schnipsler von der Rechtsmedizin! Haben die Obduktion von Marianne Kern gerade beendet.

Ja verdammt nochmal, schlafen die denn *nie* hier im Haus? Gehen die nie *Heim?* Ich denke, Ihr Menschen seid *tagaktiv?!* Nicht rund um die Uhr wie wir Stadtratten!

Jetzt is es 23:47 Uhr laut Lisis Tischwecker!

Is ma denn hier nie ned allein im Gebäude??!!

Ruhig, Maxwell, die Kühl- und Gruselkammern befinden sich bestimmt im Keller, hier oben kommt sicher keiner rauf. Sonst hätten die ihr Untersuchungsergebnis ja nicht per Mail geschickt.

Wieder einigermaßen stressmäßig im Lot, beginn ich, den Text zu lesen: Marianne ist zwischen 22:30 Uhr und 23:30 Uhr gestorben. Sie haben ein sogenanntes „Bar-bi-tu-rat" in Mariannes Körper gefunden. Und zwar „Thiopen-tal". In Flüssigkeit aufgelöst eingenommen, allerdings in mittelhoher Dosis. Das Zeug war für den Herzstillstand verantwortlich, an dem Marianne letztlich gestorben ist. Da war sie aber vermutlich bereits bewusstlos.

Zu Denken gab den Rechtsmedizinern die relativ hohe Dosis, da die Verstorbene früher Krankenschwester gewesen sei und sich der Gefährlichkeit dieser Substanz durchaus bewusst gewesen sein musste.

Ich *wussts!* Ich wusste, dass da Gift im Spiel war!

Offen bleibt jetzt die Frage, ob sich die alte Frau das Gift selbst verabreicht hat, absichtlich oder aus Versehen, oder ob … es sich tatsächlich um *Mord* handelt!

Aber Moment mal. Hier steht ja nix von Gift. Was ein Bar-bi-tu-rat is, weiß ich nicht.

Ein klarer Fall für die Schlauberger-Webseite Wikipedia!

Einige Zeit brauch ich da schon, um den Kauderwelsch aus lateinisch-deutschen Ausdrücken zu verstehen. Dann aber ist klar: Diese Barbiturate sind keine Gifte, sondern starke Betäubungsmittel. Und natürlich verschreibungspflichtig. Weil sie so gefährlich sind, wenn nicht richtig dosiert, werden allerdings inzwischen nur noch zwei Arten von ihnen verwendet: Phenobarbital und eben das „kurzwirksame (10 bis 14 Minuten) Thiopental".

Allerdings verwendet Ihr Menschen dieses Mittel eigentlich für die Narkose bei Euren Operationen (brrr – auch so eine gruselige Angewohnheit von Euch!). Nur bei sehr starken Schlafstörungen setzt Ihr es als Schlafmittel ein. Und in genau so einer mittleren Dosierung hatte es Marianne im Blut. Dass sie daran gestorben ist, lag wohl an ihrem Alter. Aber auch daran, dass sie zusätzlich etwas Alkohol intus hatte, was die Barbituratwirkung verstärkt hat. Und das müsste ihr klar gewesen sein. Die Frau war immerhin Krankenschwester! Und geht die, nachdem sie ein Schlafmittel genommen hat, spazieren? Quatsch!

Für mich heißt das: Kein Unfall.

Also doch Selbstmord?

Wieder diese Sache, die keine Ratte, wahrscheinlich kein Tier verstehen kann. Aber ich hab ja schon gelernt, dass Ihr Menschen ab und zu sehr verzweifelt sein könnt. Dass Ihr Euch manchmal Eure Zukunft als für immer schrecklich vorstellt oder so. Das kann ich nicht begreifen! Wie kann man wissen, was die Zukunft bringt? Vielleicht liegt es auch daran, dass wir Ratten viel stärker in der Gegenwart leben als Ihr.

Wie dem auch sei – ein Freitod scheint mir auch irgendwie unwahrscheinlich. Wo ist das Motiv für einen Suizid? Außerdem: Würde sie solch eine unsichere Methode wählen? So eine Methode, bei der offen bleibt, ob sie zum Tod führt, oder nicht. Wo andere Faktoren dazukommen müssen, damit es klappt. Sie hat auch keinen Abschiedsbrief hinterlassen – solche Briefe schreiben Selbsttöter oft, um zu erklären, warum sie nicht mehr leben wollten. Sagt Prof. Kolumbus, bei dem ich ein Semester Kriminalistik „absolviert" hab.

Außerdem … die Frau war doch gläubige Christin, oder? Noch dazu eine, die die Regeln, statt der Weisheit, mit dem Löffel gefressen hat. Und wie ich von „Pater" Bartl ja jetzt erfahren hab, ist so eine Tat für einen Christen ein totales „Nogo".

Hmm … mit dem Löffl gfressn …

Jaah!

Jetzt weiß ich, was mir die ganze Zeit so komisch vorgekommen is! Woran ich mich nicht erinnern konnt!

Die Tasse und *der Löffel!* Marianne hatte beides in ihrer Wohnung gespült und zum Trocknen hingelegt – *nicht aufgeräumt!* Eine so krass ordentliche Frau mit so strengen Ansichten würd doch nie aus dem Leben scheiden und so eine „Unordnung" hinterlassen!

Jetzt bin ich mir ganz sicher: Mariannes Tod war kein Unfall und auch kein Suizid.

Bleibt noch Mord.

Aber auch Mörder gehen doch auf Nummer sicher, wenn er/sie sich schon die Mühe macht, oder? Hat da jemand vielleicht das falsche Opfer erwischt?

Jetzt schweif ich ab und verrenn mich in Spekulationen. Ich sollt mich an Tatsachen halten: Als nächstes müsst ich rausfinden, ob Marianne schlecht geschlafen hat. – Schaun wir also die Aussage von Freundin Erna an … hmm … und die vom Pfarrer … und die von Bruckners … und die von Udo Krämer …

Ah ja! Na jetzt ist mir Einiges klarer!

13 Wilde Maus in Fahrt

Das Erste, was ich höre, als ich in den Bau zurückkomme, ist die Stimme meines geliebten Svenebärchens, die in Kammer eins erklingt. Sofort lauf ich ihr entgegen.

Ich hab mich sooo nach Sven gesehnt, das wird mir erst jetzt schmerzlich bewusst. Nach seinem wahnsinnsweichen Fell, seinen gütigen Augen und seinem zart-herben Duft.

Schon will ich mich auf ihn stürzen und ihn in eine innige Umarmung ziehen, da geht mir auf, dass ich mitten in eine Art Meeting platze. Ich bremse abrupt und kippe fast nach vorn auf die Schnauze, kann mich gerade noch abfangen.

Leise drücke ich mich schräg hinter meinen Liebsten an die Wand, der mich jedoch ohnehin nicht bemerken würde. Er beendet nämlich gerade die „erste Unterrichtsstunde in „Mensch - Lesen und Schreiben"". Holla, das wusst ich ja gar nicht, dass Sven diese wichtige Aufgabe übernommen hat und so wohl meiner Schwester Kathi unter die Arme greift. Scheints wollen sich immer mehr von meinen Clanmitgliedern fortbilden.

Find ich toll!

Natürlich ist diese Aufgabe wie geschaffen für meinen schlauen schwedischen Recken! Der galt nämlich in seinem Heimatclan als „Professor för främmende sprak" – Professor für Fremdsprachen. Natürlich wurde ihm dieser Titel durch die seine unter der Uni lebende Rattengemeinde ehrenhalber verliehen.

Mein Wissen ist gegen Svens richtig dilettantisch. Er besucht sogar des Öfteren die Bayrische Staatsbibliothek an der Ludwigstraße 16!

Ohh, ähh, aber das verratet Ihr doch niemandem …?

Mein Sven hat mir erzählt, dass die Stabi im Jahr 1558 im Alten Hof München, dem ehemaligen Kaisersitz, als Hofbibliothek von Herzog Albrecht dem Fünften gegründet wurde und heute als UN-Depotbibliothek von den Vereinten Nationen anerkannt ist! Inzwischen stapeln sich im Gebäude an der Ludwigstraße und der Speicherbibliothek in Garching insgesamt 10,22 Millionen Bücher und etwa 130.000 Handschriften, darunter zwei Handschriften des Nibelungenliedes! Natürlich sind alle Druckschriften der Stabi heute auch online zugänglich!

Ahh, *mein München!*

Dann hat das Schicksal mir meinen geliebten Sven schließlich hierher zum Marienhof gebracht – nach einem kleinen Umweg über Norwegen als blindem Passagier der Hurtigruten und langen Zugfahrten über Hamburg, Hannover und Göttingen. Und nachdem ihn sein langjähriger fester Freund ohne Vorwarnung von heute auf morgen wegen eines Jüngeren verlassen hatte!

Vor lauter Bewunderung und Herzenswärme für meinen Sven bleibt mir mal kurz der Atem weg. Wie er da vor der ganzen Mannschaft steht und spricht, würdevoll-ernst und doch gelassen! Wenn ich ihn noch nicht lieben würde, ich tät mich Hals über Kopf in ihn verknallen.

Jetzt fällt mein Blick auf Svens „Schulklasse". Die ca. 12 Ratten umfassende Gruppe ist gut gemischt. Etwa gleich viele Weibchen wie Männchen, sogar ein paar Ältere sind darunter. Die meisten sind freilich jüngeren Datums, wenn auch keine Welpen mehr. Und wie sie Sven anschauen! Fast ehrfürchtig, würde ich sagen. Einige der jungen Rättinnen scheinen ihn geradezu anzuhimmeln. Da muss ich mir Gott sei Dank keine Sorgen machen.

Allerdings fällt mir jetzt ein junger Ratterich auf, der seinen Blick gar nicht mehr von Sven abwenden kann. Hey! Der kleine Rattenbock verschlingt meinen Svenebären ja geradezu mit den Augen!! Der Ratzmann ist mittelgroß, nicht direkt hübsch, aber ziemlich attraktiv auf eine verwegene Art: Sein hellbraunes Fell ist länger als gewöhnlich, er trägt es leicht struppig, sein Stupsschnäuzchen gibt ihm einen frechen Gesichtsausdruck. Muss ein Neuzugang sein, den kenn ich gar nicht. Hoffentlich nur ein Praktikant.

Mann, der Typ strotzt geradezu vor Selbstbewusstsein!

Hat hier jetzt plötzlich der Föhn eingesetzt? Mir wird auf einmal so warm!

Beruhig Dich, Maxi! Gleich ist der Unterricht aus, der freche Kerl verzieht sich und Sven gehört wieder Dir allein. Ungeduldig harre ich auf meinem Büßerplatz aus bis die „Mensch"-Stunde nach einer gefühlten Ewigkeit endlich zu Ende geht.

Die Schüler strömen nach draußen – das haben sie, auch wenn hier alle freiwillig teilnehmen, mit ihren menschlichen Gegenstücken gemeinsam …

Alle strömen, bis auf einen. Der kleine Saftsack von einem Starrer wagt es doch tatsächlich, vor Sven stehenzubleiben und ihn anzuquatschen!

Meinen Sven!! Er sülzt irgendwas von tollem Unterricht und fragt nach einem Aspekt der Menschensprache, den er angeblich nicht verstanden hat! Ja ich glaubs nicht, was der hier für eine Schau abzieht!!

Schau dast weiter kummst, Du Hallodri Du greisliger!!!

Was mich jetzt wirklich entsetzt, ist Svens Reaktion. Er speist den gutaussehenden jungen Ratter nicht etwa mit ein paar professionellen Floskeln ab, nein! Vielmehr scheint das Gespräch Sven zu freuen! Sein freundlich lächelndes Profil treibt mir geradezu die Galle hoch!!

Ich geh da jetzt dazwischen.

„Hi Svenemaus!", ruf ich völlig übertrieben gönnerhaft und laut und hau Sven mit meiner Pfote und einem irren Grinsen im Gesicht auf den Hintern.

„Hallo Maxi!", antwortet Sven und schaut mich seltsam an. „Ich hab Dich gar nicht kommen sehen."

„Ich hab die ganze Zeit da hinten an der Wand gelehnt und Deinem Unterricht zugehört. Aber Du warst wohl zu beschäftigt, um mich zu sehen."

Jetzt wirft mir Sven einen verwirrten Blick zu.

Ich starre trotzig zurück.

„Also, Matz, ich glaube, Du hast jetzt verstanden, um was es geht", wendet er sich wieder an das freche Früchtchen. „Ich würd mich freuen, Dich beim nächsten Mal wieder im Unterricht zu sehen."

Damit verabschiedet Sven dann den aufdringlichen Jung-Ratter. Der wirft meinem Auserwählten einen Blick der Charmstufe drei zu und dreht sich um in Richtung Kammerausgang. Einen kurzen Moment lang sieht er mir dabei direkt in die Augen – mit einem spöttisch hochgezogenen Mundwinkel, der mir sagen soll: Du magst gerade eine Schlacht gewonnen haben, aber gegen MICH hast Du keine Chance, alter Rattenmann.

Leider kann Sven das nicht sehen.

Dann sind Blick und Ratter verschwunden und ich weiß nicht, ob ich mir das alles nur eingebildet hab …

Später lieg ich an Sven angedockt am Rand des üblichen Knäuels aus Clanmitgliedern in Kammer 3 und versuche, einzuschlafen. Svens Körperwärme lullt mich ein und ich verstehe meinen Eifersuchtsanfall von vorher überhaupt nicht mehr. Er ist der Rattenmann, der überall in der Stadt F-Semmel-Proben gesammelt hat, für mich. Er ist derjenige, der eine neue Kammer gebuddelt hat, um darin mit mir Desi-Übungen zu machen. Der mich trotz meiner F-Semmel-Sucht nicht verachtet, sondern mir aktiv hilft.

Was will ich eigentlich noch für Beweise, dass er mich liebt!

Jetzt fühl ich mich wieder sicher und geborgen. Meine Augenlider werden schwer. Ich öffne innerlich meine Arme, um mich in die samtene Schwärze des Schlafes gleiten zu lassen.

Unerwartet und unerwünscht tauchen plötzlich Gedanken auf, wie Luftblasen an der Wasseroberfläche – über die interessanten restlichen Fakten, die ich noch in Lisis PC gelesen habe.

Verdammt! Ich bin schon ein richtiger Schnüffler geworden. Kann nicht abschalten, bevor der Fall nicht gelöst ist.

Der Bruckner kommt mir in den Sinn mit seinen Geldsorgen. Und der Pfarrer Westermaier, den Marianne beim

Bischof verpetzt hat. Weil er einer geschiedenen und nur „standesamtlich" wieder verheirateten Frau erlaubt hat, an einer Zeremonie teilzunehmen, bei der wohl in der Kirche eine kleine Brotscheibe gegessen wird. Das verstehe wer will. Jedenfalls scheint es ein Skandal zu sein.

Und dann Erna Brunner, Mariannes Freundin. Sie hat ausgesagt, dass die Marianne noch spät bei ihr in der Wohnung gewesen ist, nachdem Erna den ganzen schönen Tag in ihrem Schrebergarten verbracht hatte. Da hätten die beiden dann ein bisschen geplaudert und „ein Schnapserl" getrunken. Gegen halb elf Uhr nachts wollte Marianne nochmal für eine halbe Stunde spazieren gehen. Laut Erna war so etwas nicht ungewöhnlich bei Marianne. Sie hat nämlich oft recht schlecht einschlafen können und überhaupt nur noch wenig geschlafen.

Und tatsächlich ist sie dann auch manchmal gerne in die Gruft der Michaelskirche gegangen, weil da eben nachts so eine besondere Art der Ruhe herrschte (no comment!).

Mir war natürlich sofort klar, dass hier das Barbiturat prima reinpassen würde. Nach Vorerkrankungen gefragt, hat Erna ausgesagt, dass Marianne keinen Arzt gehabt hat. Sie hat sich als ehemalige Krankenschwester immer selbst geholfen und war wohl auch überhaupt kerngesund. Erna konnte sich nicht erklären, woran die Marianne so plötzlich gestorben ist.

Wenn also Marianne noch einen Rest von dem Betäubungszeugs von früher übrig hatte und was genommen hat, was zwar, weil wohl schon das Verfallsdatum abgelaufen war, schwächer gegen ihre Schlaflosigkeit gewirkt hat, aber dann durch den Alk, den sie mit Erna getrunken hat, wieder verstärkt worden ist, passt alles wieder zusammen.

Allerdings war der Alkoholgeruch auf dem Schokopapier am stärksten. Und auch der „Gift"-Geruch. Nehmen wir mal an, dass das Schlafmittel in ein Stück Schokolade mit Alkohol reingespritzt wurde. Da gibt es doch solche Pralinen. Da ist so ein starkes Zeugs drin, *Konn-Jack*.

Ja genau! *Das* war der Geruch von dem Papierl in Mariannes Handtasche! Das haben mal zwei Stadtstreicher auf einem Marienhof-Bankerl gemümmelt und darüber „philosophiert". Mir war des ja viel zu scharf – puh.

Jetzt weiß ich: Es war definitiv Mord.

„Jaaa!!"

Ich reiß die Glubscher auf, fahr in die Senkrechte und stoß die Faust nach oben.

Um mich herum erschreckt blinzelnde Augen, vorwurfsvolles Grummeln.

Oje – das hab ich wohl laut gerufen …

Sven hat sich halb aufgerichtet. Als er checkt, dass nix passiert ist, verdreht er kopfschüttelnd die Augen, wendet sich um und pennt weiter. Er kennt mich halt schon.

„Tsch-schuldigung", stammle ich in Richtung meiner Clankumpels.

„Bin schon still".

14 Dein Maus und Helfer

Am nächsten Morgen nach dem Aufstehen seh ich meinen zweifarbigen Bruder Zwiebel herumwatscheln und selbstvergessen kauen. Da erinner ich mich wieder an die Idee, die ich im Polizeipräsidium hatte!

„Hey Zwiebel, hast Du Lust, mir bei den Recherchen zu helfen?"

Zwiebel ist ein Punk. Oder das, was er unter einem Punk versteht. Er hat sich irgendwann mal in „Zwiebel" umbenannt. Kann mich gar nicht mehr erinnern, wie er ursprünglich geheißen hat. Außerdem hat er von heut auf gleich seinen bayrischen Dialekt abgelegt. Und sich die eine Körperhälfte komplett abrasiert – mit so einem Mini-Rasierteil, das er unter einer der Parkbänke oben auf dem Marienhof gefunden hat. Seither läuft er so rum. Rosa wie ein Schweinchen auf der einen und mausgrau auf der anderen Seite.

Ansonsten ist Zwiebel eher ein gemütlicher Ratter, ein bisserl passiv, aber ein superguter Kumpel. Und er liebt es, wenn ich ihm eine Aufgabe im Rahmen meiner Ermittlungen gebe. Das war schon bei meinem ersten Fall so.

„Du könntest ein paar Befragungen für mich durchführen."

Sofort dreht sich Zwiebel zu mir um und schaut mir mit offenem, freudig erstauntem Blick in die Augen.

„Ja suupergeern, Maxi."

Damit schweigt Zwiebel und schaut mich erwartungsvoll an. Wie schon gesagt. Er ist nicht der Schnellste und ergreift die Initiative eher seltener. Dafür erfüllt er die ihm

übertragenen Aufgaben stets zur voll… immer hundert-
prozentig gründlich. Ich weiß, dass ich mich auf ihn verlassen kann.

„Ich hätt gern, dass Du die Clans rund um die Michaelikirche bzw. die Wittelsbacher Gruft befragst, ob sie zur
Zeit um Mariannes Tod – so ein bis zwei Stunden vorher
bis ca. eine Stunde nachher irgendwas gesehen oder belauscht haben. Den Clan Kaufinger 2, den Clan Fußgängerzone Mitte, den Clan Sport Scheck etc.

Zum Beispiel, was Marianne vor ihrem Tod getan hat.
Ob sie sich vielleicht seltsam verhalten hat. Wo sie hergekommen ist. Ob noch andere Menschen in der Gegend
unterwegs waren, usw."

„Cool!", antwortet Zwiebel begeistert. Geh gleich nach
dem Frühstück los."

„Ähh, vielen Dank, Zwiebel", verabschiede ich mich
von Bruder „Ich-mach-nich-viele-Worte". Er hat eben so
sein ganz eigenes Tempo.

Weil ich auf Nummer Sicher gehen will, dass auch nix
übersehen wird, möcht ich auch Marktschreier um seine
Unterstützung bitten. Ich weiß, dass auch er sich geschmeichelt fühlt und meinen Auftrag nicht als Last emp-
finden wird.

Gesucht, gefunden.

Marktschreier ist gerade bei seiner Lieblingsbeschäfti-
gung: Reden. Im Moment erklärt er unserem Clan-Senior
Vitus mit dynamischen Gesten irgendetwas von größter
Wichtigkeit. *Alles*, was Marktschreier sagt, ist superwichtig.
Höflich warte ich, bis er das Gespräch beendet hat. Als

ich ansetze, ihm zu erklären, was ich möchte, kommt er mir, wie immer, zuvor.

„Tag, Maxi! Was ist Dein Begehr, mein Freund?"

„Ich möchte unseren erlauchten Herold um seine Assistenz bei meinem Fall bitten", liegt es mir auf der Zunge – ich schlucks aber runter.

„Könntest Du für mich ein paar Fragen an die Clans rund um Marianne Kerns Wohnung stellen, Marktl? Ich hab dazu einfach keine Zeit.", sag ich stattdessen.

„Aber selbstverständlich, Maxi. Es ist mir eine Ehre für unseren Sherlock eine kleine Aufgabe zu übernehmen!"

Wie bei Zwiebel leuchten Marktschreiers Augen jetzt ein bisserl mehr und ich weiß, dass ers ehrlich meint.

Also erläutere ich ihm die Einzelheiten. Es sind im Grunde die gleichen Fragen wie bei Zwiebel, nur mit anderen Clans.

„Und bezieh bitte die Clans Künstlerhaus und BMW Lenbach mit ein."

„Klar, Maxi. Ich düse sofort los!"

Und weg isser. Tja, temperamentmäßig unterschiedlicher könnten meine beiden Hilfssheriffs nicht sein …

Ehe ich ein bisserl vorpennen kann für meine nächtliche Aufgabe, der Observierung beim Frühlingsfest der Blaublütigen, hat Sven, mein viel geliebter und gelegentlich auch gehasster Zukünftiger meine zweite Desi-Stunde angesetzt. Ich hab ganz schön Bammel davor.

Auf dem Weg zur Psycho-Kammer, wie ich das neue Kabuff bei der Vorratskammer insgeheim nenne, nehme ich jede Verzögerung mit, die sich mir bietet. Sirkit, die mir über den Weg läuft, muss ich dringend etwas fragen. Völlig überflüssiger Weise muss ich unbedingt nochmal überprüfen, ob die Vorbereitungen für die Band-Halte-Zeremonie alle nach Plan laufen. Außerdem kann ich unmöglich so verdreckt zu einer Desi-Stunde antreten. Also lege ich noch eine Putzrunde ein – die dritte heute Morgen.

Unglücklicherweise ist unser Bau nicht weit genug verzweigt, um wirklich große Umwege einschlagen zu können. Ich bemühe mich dennoch um reichlich Schlenker und Abstecher nach irgendwo. Schließlich komme ich dann leider doch in der Psycho-Kammer an, für mein Gefühl viel zu bald.

Sven begrüßt mich mit einem Lächeln im Gesicht. Ich glaube hauchfeinen Spott darin zu erkennen und sofort steigt ein heißes Wutgefühl in meinem Magen auf.

Das drücke ich runter und stelle mich der heutigen Herausforderung.

Erneut schockt mich die Wucht meiner Gier, sobald die F-Semmel enthüllt ist. Wieder kämpfe ich eine gefühlte Ewigkeit gegen den schier unwiderstehlichen Drang, mich auf mein Suchtmittel zu stürzen. Abermals ermutigt mich Sven, kurz bevor ich dabei bin, aufzugeben und erlöst mich schließlich, indem er die F-Semmel zurück in ihren Plastiktütenkäfig sperrt. Zum zweiten Mal bin ich am Schluss fix und fertig.

Ich hab es diesmal doppelt so lange geschafft, wie gestern! Noch kann ich Svens strahlend verkündetes Lob leider nicht wirklich genießen.

Svens Umarmung rettet mich vor dem Kollaps. Er schmiegt sich an mich, als ich total erschöpft in einen schwer verdienten, tiefen, traumlosen Schlaf sinke.

Etwa sechs Stunden später fühle ich mich ausgeschlafen und fit wie ein Turnschuh. Jetzt lasse ich mir das Lob meines Herrn und Meisters auf der Zunge zergehen – und zwar gleich mehrmals.

Sven und ich genießen zusammen mit 11 anderen Mitgliedern meines Clans gerade ein sattes Abendessen, als Marktl – wie vermutet als erster meiner Botschafter – von seiner *investigativen* (hah!) Mission zurückkehrt. Sein zerknirschter Gesichtsausdruck sagt mir bereits alles, aber ich höre ihn dennoch an.

„Es tut mir so leid, Maxi. Ich hätte Dir gerne eine positivere Nachricht überbracht. Aber keine der Ratten in den Clans um die ehemalige Wohnung von Marianne Kern hat irgendjemanden oder irgendetwas in der fraglichen Nacht bemerkt. Nicht einmal Marianne selbst haben sie weggehen sehen."

Es ist schon ungewöhnlich, dass keiner von uns etwas mitbekommt von den Menschen, wenn man die beeindruckende Clandichte in diesem Bereich unserer wunderschönen Stadt bedenkt. Aber beim letzten Mord haben wir selbst ja auch nichts wahrgenommen, obwohl der quasi vor unserer Haustür geschehen ist.

Trotz meiner Enttäuschung, nicht wenigstens ein bisserl was Neues zu erfahren, tröste ich Marktschreier und bedanke mich für seine prompte, kompetente Hilfe. Etwas getröstet durch mein Lob, macht sich jetzt Marktl über sein Abendessen her.

Um halb neun Uhr rum verabschied ich mich vom Svenebärchen.

15 Mäusezirkus in bleu

Diesmal nehm ich den Weg durch die unterirdische alte Siedlung am Marienhof, quetsch mich durch ein nur rattengängiges Loch in der Tunnelmauer zum Schacht, wo die U-Bahn entlangfährt. Unterhalb des Bahnsteigüberhangs wart ich auf die Durchsage. Nach nur 4 Minuten ertönt eine Männerstimme vom Band:

„Auf dem Gleis fährt ein die U6 Richtung Klinikum Großhadern. Vorsicht bei der Einfahrt"!

Während über mir mal wieder der Bär abgeht, schwinge ich mich lässig auf eine sympathisch aussehende Metallstrebe. Die Türen über mir schließen sich mit einem wiederkehrenden Piepton und los geht's. Ich mag es ja, wenn mir der Fahrtwind um Nase und Ohren weht. Und, wenn der Fahrer sich mal richtig in die Kurve legt.

Is wie Achterbahn fahren, nur ohne Hügel.

Leider muss ich schon nach einer Station wieder aussteigen. Am Sendlinger Tor Platz rutsch ich durch einen Kabelschacht runter zur U2 Richtung Messestadt Ost. Während mein Magen die angenehmsten Kapriolen schlägt – der Fahrer hier is echt gut drauf und treibt sein Stahlross zur Höchstgeschwindigkeit – zähl ich die Haltestellen mit. Bei dem ganzen Lärm kann ich nämlich die Durchsagen im U-Bahnwaggon hier unten nicht verstehen.

Bei Halt fünf steig ich aus: Giesing. Jetzt latsch ich noch circa 500 Meter zu Pfote. Für mich an sich ein Minuten-Witz. Weils aber noch nicht dunkel ist, sondern erst dämmert, brauch ich die von maps für Euch Menschen errechneten 6 Minuten, um in der Pfälzer-Wald-Straße 46e anzukommen. Da wohnen nämlich die Hubers von den Blaublütigen. Und bei denen findet heut das Frühlingsfest des Vereins statt.

Als ich im Garten ankomme, ist das Fest der Blaublütigen Bayern schon im vollen Gange. Wie mein Präzisionsriechorgan meldet, ist bereits ausgiebig gesüffelt worden. Ich brauch mir eigentlich keine große Mühe geben, unentdeckt zu bleiben. Trotzdem bin ich sehr vorsichtig – ist einfach unsere Natur.

Lautlos husch ich von Busch zu Büschchen. Natürlich nachdem ich meinen Riechkolben lange genug in die laue samtige Frühlingsluft gehalten hab, um klar festzustellen: katzen- und hundefreie Veranstaltung. Also rats welcome.

Dass die Adelsfreaks im Freien feiern, ist echt klasse für mich und den traumhaft milden Mai-Temperaturen zu verdanken. Zaghaft schieb ich mit der Schnauze die bodennahen Zweiglein einer prächtig blühenden Ranunkel beiseite, um bessere Sicht auf das Geschehen zu haben. Dabei inhaliere ich einen satten Schoppen ihres herrlichen Blütendufts.

Normalerweise bin ich nicht so gut bei den Namen, die Ihr Menschen den Pflanzen gebt. Anders bei der Ranunkel. Weil, ich find diese rattenköpfchengroßen, runden, vollen Blüten mit ihrer satten orange-gelben Färbung so wunderschön. Sie sind für mich ein Zeichen, dass der Frühling da ist in seiner ganzen Pracht. Jetzt.

Aber genug geträumt. Schließlich bin ich auf Arbeit.

Die feiernden Menschen haben Grüppchen gebildet. Auf der Terrasse vor dem kleinen Haus ist ein Tisch aufgebaut. Er ist praktisch mit Flaschen gepflastert. Ich kneif die Augen zusammen und versuch, die Etiketten zu lesen. „Champagner" steht auf denen in dem Trog mit Eiswürfeln. Und sowas wie *Voive Klickwot*. Daneben paradieren Reihen von Weiß- und *Roseh*weinen. Etliche schon älteren Datums.

Hey – bietet man seinen Gästen vergammelte Getränke an? Wenn *wir* einen Artgenossen zum Dinner einladen, bekommt er immer die besten Stücke, aber hallo! Ob das wohl typisch ist für Adlige und für ihre Fans hier, die das nachmachen? Ich hab gelesen, dass die Blaublütigen, also die echten, sich gerne mal daneben benehmen. Allerdings in so einem Heft, das zwei dauerkichernde Mädels auf einer unserer Parkbänke im Marienhof liegen gelassen haben. Mit extrem vielen Bildern und wenig Text. Ich weiß also nicht, welche Qualität die Info hatte.

Glücklicherweise stehen fünf der Wir-wären-gernselber-Blaublütigen gleich neben meinem Busch. Ich stell mein Gehör auf niedrigste Lauschstufe. Bei der höchsten können wir Ratten buchstäblich die Flöhe auf 10 Meter Entfernung husten hören – das nur nebenbei bemerkt.

„Das Fest auf Schloss Vielermoos war heuer ja wieder *die* Schau. Wobei – ich fand, dass Gloria gar nicht gut ausgesehen hat. Sie hatte *viel* zu tiefe Ringe unter den Augen. An Ihrer Stelle würde ich meine Visagistin feuern."

Das sülzt eine ca. 58jährige Frau mit wallendem dunklem Gewand und *tiefem* Ausschnitt. Der von ihr angesprochene etwas ältere Mann im eleganten schwarzen Anzug erwidert in gedehntem – besser gähnendem – Tonfall:

„Weißt Duh, Kunigunde, angehblich geht es Aristooteles gahr nicht gut. Das schlähgt ihr auf Gemüht, denke ich."

Naja, das nimmt einen schon mit, wenn der eigene Mann/Sohn/Freund krank ist. Das versteht ich schon.

„Sie glaubt, er wurde ver*gift*et. Niemand kann sie davon abbringen".

Oha, jetzt wird's interessant!

„Sein Leibahrzt ist der Meinung, dass lediglich die Lehber, die er zu Abend verspeist hat, schlächt gewesen sei. Ich würde nicht die Vihsagistin, sondern den Mehtzger wechseln", entgegnet der Mann.

Nur wechseln? Muss da nicht noch mehr passieren, wenn der verdorbenes Fleisch verkauft?

„Ihch denke ja, dass er sich einfach überfrehssen hat …" –

Nicht gerade die feinste Ausdrucksweise, aber hallo –

„… die kleine fette Töhle."

Töle? Heißt das … ein *Hund?* Die reden die ganze Zeit über einen blö… einen Hund?

Mal ehrlich: Haustiere. Wieder dieses Thema. Wer … wieso … andersrum: Was würdet Ihr von uns denken, wenn wir uns „Haus*menschen*" halten würden? Na? Und dann ausgerechnet Hunde. Bei sozialeren und schlaueren Tierarten könnte ich ja noch verstehen, dass Ihr sie um Euch haben wollt. So kleinere, kuschelpelzige Geschöpfe mit einem Verständnis für Fairplay und deutlich ästhetischeren Nahrungsvorlieben!

Jetzt muss ich mich wieder beruhigen, ich weiß es. Tschuldigung, hab mich hinreißen lassen.

Kurze Atemübung … passt wieder.

Ich nehme meine ganze Selbstbeherrschung zusammen, besinne mich auf meinen Auftrag und husche zum nächsten Grüppchen aus drei Personen. Ein etwa 60-Jähriger gut erhaltener Mann in edelbayrischer Tracht prostet gerade einer großen, extrem schlanken Frau im grünen Schlauchkleid zu, das ihre Figur unvorteilhaft in die Länge zieht.

„Dieser „Schatoh Mutong dö Rotschild" von 1991 ist süperb, liebe Petra, lieber Josef. Da habt Ihr als Gastgeber der diesjährigen Frühlings-Soiréeh wieder mal einen tadellosen Geschmack bewiesen. Prösterchen."

Petra und Frank, im dunkelblauen Anzug mit Weste (schwitz!!) strahlen übers ganze Gesicht und alle drei nehmen einen homöopathischen Schluck aus ihren Gläsern. Das alte Zeug ist wohl doch nicht so ganz billig.

Jetzt schau ich mir zum ersten Mal das Haus hier an. Es ist klein und ziemlich alt. Hat zweifellos schon bessere Zeiten gesehen. Viel bessere. Der Garten ist auch nicht groß, ein bisserl verwildert. Sieht alles nicht nach übermäßigem Reichtum aus.

Wie passen da so teure Getränke ins Bild? Lebt hier jemand auf zu großem Fuße? Will hier jemand in einer Liga mitspielen, zu der er nicht gehört? Oder wollen das vielleicht hier alle?

„Das ist so *lieb* von Dir, das zu bemerken Udo! Du sagst immer genau das Richtige." Mit diesen Worten beugt sich die Gastgeberin nach vorn zu dem Lober und haucht zwei Küsschen je zehn Zentimeter vor seiner linken und seiner rechten Backe in die Luft.

Aber hoppla! Hab ich da den Namen „Udo" gehört? Könnte das einer meiner Verdächtigen sein? Der Kaufmann? Lauscher aufgesperrt Maxi!

„Wie *geht* es denn Deiner Holden – ist sie mit ihrer Magenverstimmung wieder auf dem Wege der Besserung?", sülzt die Stabheuschrecke mit klimpernden Wimpern weiter. „Wir haben ja so *bedauert*, dass sie heute nicht bei uns sein kann."

Anzugmann nickt zustimmend, wenn auch leicht gelangweilt.

„Es geht ihr schon wieder etwas besser. Wir können uns allerdings *gar* nicht erklären, woher das Unwohlsein kommt. Lydia hat *exakt* das Gleiche gegessen, wie ich. Und getrunken. Man steckt eben nicht drin. Ähh …"

Jetzt wird der Kaufmann plötzlich rosa im Gesicht und fängt an zu schwitzen. Echt jetzt, menschliche Kommunikation ist manchmal ein Rätsel für mich.

Schlauchkleid wechselt etwas hastig das Thema:

„Hast Du nicht kürzlich eine neue Lieferung von diesen *fantastischen* Pralinen bekommen?"

Oh, oh!

„Du *musst* zwei Schachteln für uns reservieren."

Jetzt strahlt Krämerseele wieder mit der (untergehenden) Sonne um die Wette.

„Weil ich Euch und Euren edlen Geschmack ja kenne, habe ich mir erlaubt, drei Schachteln der *erlesensten* Pralinen mitzubringen. Es ist für jeden von Euch etwas dabei:

Amarena-Marzipan, Mandelnougat mit gesalzenem Mandelkrokant, Champagnertrüffel, Aprikosennougat für Leckermäulchen Petra. Und natürlich Hochprozentiges in

Bitterschoko für Dich, Frank: Amarula-Sahne, Quitten-geist,

und natürlich den Klassiker, 7-Sterne-Cognac."

Jetzt hauts mich sprichwörtlich vom Sessel. *Konn-Jack!?*

16 Die Maus machts

Das ist doch genau der Alk, den ich bei Marianne gerochen hab! Der Typ hier hat sie umgebracht! Der hat einfach auch ihr solche Pralinen geschenkt und die vorher mit dem Schlafmittel versetzt!

Weil die Marianne ihm nämlich regelmäßig vor der gesamten (nicht-)blaublütigen Mannschaft vorgeworfen hat, dass er verdorbene Lebensmittel verkauft in seinem Feinkostladen. Vor Kurzem hat sie deswegen sogar eine „Ver-brau-cher-an-zei-ge" bei der „Lebens-mittel-kontrolle" gemacht (uff – ihr und Eure Schachtelwörter!)

Das ist doch für so einen offensichtlich megaeitlen Fatzke ein … wie heißt das noch … Gesicht-Verlieren.

(Puh, ich mag mir das nicht mal *vorstellen*!)

Vorsicht Maxi! Erst mal langsam mit den jungen Ratten! So einfach wie es anfangs ausschaut, ist es dann doch oft nicht – Dein letzter Fall hat das überdeutlich gezeigt!

Wo ist zum Beispiel der Rest der Pralinenschachtel geblieben? Weder bei der Toten selbst noch in ihrer Wohnung lag eine rum. Und woher hatte der Udo das Schlafmittel. Wenn davon noch was übrig ist, müsste das ja in seiner Wohnung zu finden sein. Selbst wenn er nur damit hantiert hat, dürfte mein Wunder-Näschen noch Spuren davon erschnüffeln! Da ist also wiedermal ein Hausbesuch fällig.

Ich mach mir eine geistige Notiz. Dann trippel ich weiter zum nächsten Lauschposten.

Nach mehreren Gesprächen zweier weiterer Grüppchen, bei denen ich nichts Wichtiges erfahre, ist mir langsam ganz schön wuschig im Kopf. Täusch ich mich, oder benehmen sich hier alle so demonstrativ … *wichtig?*

Unter den Gesträppchen wandre ich noch zum letzten Grüppchen. Ha! Wichtig kann ich auch!

„… hat die Prinzessin ein fan-*tas*-ti-sches Seidenkleid in *mooof* getragen. Von *Gutschi*. Dazu *Prada-Haihiels* in Purpur und eine passende schlichte Ledertasche Marke *Wersatsche*. Ihr Begleiter konnte da trotz seines Lagerfeld-Anzugs nicht mithalten."

Welch bahnbrechende Erkenntnis, die da über die unnatürlich aufgeblähten Lippen einer kleinen fast weißblonden Frau sprudelt! Meiner Schätzung nach hat die Lady bereits mindestens 60 Lenze auf dem Buckel und ist gute zehn Kilo zu stattlich für das Seidendirndl, das *sie* trägt. Von wem auch immer es stammt. Insgesamt recht rundlich, betont der Dirndlausschnitt zwei ebenfalls sehr runde, überdimensionale … Dinger, die man am besten mit den Worten „hervorragend präsentiert" beschreiben kann.

Jetzt mischt sich ein etwas jüngeres Weibch…, äh eine Frau Mitte Fünfzig ein. Ihre brünetten Haare sind zu einem kunstvollen Turm aufgestapelt, ohne den sie durchaus attraktiv wäre. Für einen Menschen. Schlank, aber an strategischen Stellen deutlich feminin.

„Alsso Annätte. Is fande die Kleide von die Prinssessin viel ssu übertriben. Sie isste nix mähr swanssig. `atte schon ganz ssönne Faalten unt ssiieht sich an, wie eine junge Mädschen. Che scandalo! Niescht wahr, Toni?"

„Geh Rosa. Jetzt bist aber scho ganz schee streng. Kann ja net jede Frau so zeitlos jung und attraktiv sei, wie du."

Diese auf einer Schleimspur angekrochene Antwort entspringt dem üppig weiß beschnurrbarteten Mund eines Mannes von mindestens 80. Aus einem absurd braungebrannten Gesicht mit zahllosen Falten, nein: Klüften, stechen ein paar eisblaue Augen hervor – die irgendwie gierig glänzen. Die hellbraunen Lederhosen des Herrn schimmern in unterschiedlichen Verspeckungs-Stadien, was einen leicht ekligen Kontrast zu seinem Ariel-weißen Hemd bildet. Den Kopf ziert ein Filzhut mit einem gewaltigen Büschel gebündelter Borsten. Marke Wildschwein.

Da hab ich jetzt aber super viel Glück! Das sind doch der abservierte „Lover" von der Marianne und die mit dem schönen italienischen Namen. Rosa de Luca und Toni Perzinger. Na, wenn der Toni in die Marianne Kern verknallt war, hat er sich ja schnell getröstet …

„Ahh, Toni. Du biste ‚eute wider sso ssarmante!",

säuselt Rosa und klimpert dermaßen mit ihren bleischwer getuschten Wimpern, dass sie bestimmt nur noch stroboskop sehen kann.

„Abär wir vergnügen uns 'ier, unde die arme Marianne kanne nie mähr mitfeiern. Ohh, che tragedia! Du 'aste sie ja besoorders verährt, niescht wahr, Toni?"

Sofort runzelt sich Tonis Knitterstirn noch mehr, diesmal in demonstrativer Besorgnis.

„Ach, Rosa, wer hätt jemals gedacht, dass die Marianne zu sowas fehig is! Sich des Leben zu nehmen. Und warum denn nur?

Kann es sein, dass der Toni ein bisserl mit österreichischem Dialekt spricht? Hat irgendwie einen gewissen lässigen Charme.

„Ist das eigentlich schon ganz sicher", mischt sich jetzt lautstark Madame Doppelwopper ein, „dass sie sich selbst ..., ich meine ... Andererseits, was könnte es sonst gewesen sein? Ein Unfall? Oh Gott: *Mord!?*"

„Aber wer sollt denn ... und warum?", fragt Toni und hat seinen mitfühlenden Gesichtsausdruck ganz vergessen.

Das hab ich mich ja auch gefragt! Anscheinend können sich auch Mariannes Mit-Möchtegern-Adlige kein Motiv vorstellen. Weder für Suizid, noch für Mord.

Mist, vor lauter Denken hab ich ein paar Sätze der Weißblonden verpasst.

„Kannste Du misch ssur Beärdigung am Montag ab'olen, Toni?", bringt Rosa sich lautstarkt wieder in Erinnerung.

„Du waist, is 'abe kein Auto."

„Aber selbstverständlich, liebe Rosa. Es wird mir eine Eehre sein. Und mein starker Arm wird Dich stützn, wenn Dich die Gefühle zu überweltigen drohn!"

Prima. Rosa hat wieder zu klimpern begonnen – für sie ist die Welt jetzt definitiv wieder voll in Ordnung, auch ohne Marianne.

Froin Aufs-Äußerste-gestrafftes-Dirndl hingegen schaut angesichts des Gesäusels zwischen den beiden anderen recht miesepetrig drein:

„Sehr schön, dann treffen wir uns am Montag um Dreiviertel 8 am Nordfriedhof. Ich bin zwar auch autofrei, aber bei mir hält der 50er Bus direkt vor der Haustür", verkündet sie mit stolz hochgerecktem Kinn.

Und der Entschlossenheit, sich nicht abhängen zu lassen.

Wow, jetzt weiß ich, wann ich am Montag zum Friedhof muss, ohne nochmaligen Besuch im Präsidium. Mir fällt grad ein Gebirge vom Herzen. Außerdem hab ich hier, glaub ich, genug gehört. Fazit: Udo Krämer ist meiner Meinung nach hochverdächtig.

Ziemlich ermattet lauf ich heut mal über Gang 2 in unseren Bau, weil der direkt in Kammer drei führt und ich sofort pennen will. Und wer kommt mir entgegen? Matz, der freche Kerl von Svens Unterrichtsstunde. Wie der mich anschaut! Wenn Blicke töten könnten … Als ich merk, dass ich keinen Deut freundlicher zurückstiere, schüttel ich innerlich den Kopf über mich selber.

Ich vertraue Sven, also brauch ich hier keinen auf „der gehört mir!" machen. Ich versuch, mich wieder zu entspannen.

Als ich meinen Liebsten dann mitten unter unseren schlafenden Clanmitgliedern friedlich schlummern seh, kehrt meine innere Ruhe komplett zurück. Wir gehören zusammen und aus – das ist auch Svens Haltung.

Ich latsche – vorsichtig und zugegebenermaßen unorthodox – quer über ein paar pofende Mitratten und quetsch mich mit walzenden Bewegungen gemächlich zwischen Sven und die danebenliegende Kathi. Die macht kurz die Augen auf, erkennt ihren debil-verliebten Bruder, wendet den Blick stoßseufzend nach oben und schläft dann einfach weiter. Mit einem winzigen Grinsen um die Lippen …

Am nächsten Morgen kann ich auspennen und das nutzen wir beide superextremlang aus. Danach frönen wir einem opulenten Frühstück, bestehend aus einem Nussmix (ich *liebe* Cashew-Kerne), Rosinen, Haferflocken, getrockneten Apfel- und Aprikosenstückchen, einer frischen Mango und etwas O-Saft. Ihr glaubt gar nicht, was manche Menschen so alles stehenlassen. Einwandfreie Müslipackungen der Edelmarke, nur weil eine Ecke abgerissen ist – die Packung selbst war noch verschlossen! Und ganze Tetrapacks Saft, weil die eingedrückt sind wie ein Mopsgesicht. Aber noch total frisch!

München ist für uns Ratten der anspruchsvollen Sorte mit Vorliebe für Biokost wirklich ein Eldorado.

Nun ist es schon Mittag und es dräut die dritte Desi-Stunde. Diesmal mach ichs kurz: Die Übung ist erfolgreich und diesmal hab ich ganze 8 Minuten durchgehalten. Hinterher bin ich k.o. Vielleicht ein bisserl weniger als letztes Mal – aber in einem Grade „damatscht", dass ich mich gleich nochmal hinlege. Muss schließlich heut Nacht fit sein für meine Observation und den Einbru…, die Inspektion von Krämers Haus. Und gleich morgen Früh hat Sirkit nochmal eine Probestunde zum Bandhalten angesetzt. Die sind in letzter Zeit immer ausgefallen. Entweder weil ich nicht rechtzeitig da war, oder wegen der Desi-Stunden, denen Sven Prio 1 verliehen hat.

Gegen 22 Uhr fühl ich mich ausgeschlafen und tatendrangig wie ein frisch gestilltes Rattenbaby. Die Krämers wohnen in Giesing an der Weißenseestraße mit Blick auf den Park, sagt openstreetmap.org. Nett.

Ich nehm also am Marienplatz die U3 und fahr eine Station zum Sendlinger Tor. Dort steig ich um unter die U1und verlasse dieselbe nach vier Stationen an der Untersbergstraße. Den Rest geh ich zu Fuß und lass mir den Nachtwind um die Ohren wehen. Leider wird dieser zunehmend kälter und feuchter.

17 Da beißt die Maus kein Faden ab

Als ich im Garten von Udo Krämer ankomm, nieselt es schon recht beständig. Oje. Ich seh schon. Das wird nicht leicht! Weil, das Haus ist eher älteren Datums. Bei großen Bürogebäuden ist das gut, wegen der vielen Lüftungsschächte etc. Bei Einfamilienhäusern nicht, wegen der *nicht* bodenlangen, sondern aus meiner Warte viel zu hoch gelegenen Fenster. Und bei der Terrassentür sind hier grad die Rollläden unten.

Kletterarbeit ist also angesagt. Glücklicherweise rankt sich – wie manchmal bei alten Anwesen – wilder Wein die Hauswände hinauf. Eigentlich meine leichteste Übung. Durch den scheiß Nieselregen ist aber alles feuchtglitschig und ich rutsch immer wieder ab.

Schließlich steh ich trotzdem auf dem Fenstersims. Natürlich vorsichtig und geduckt. Hätt ich mir schenken können. Von innen ist das Fensterbrett flächendeckend zugekleistert mit Topfpflanzen. In grün, rot, lila, gelb und nochmal grün. Echt, da bleibt selbst für mich kein Spalt zum Durchschauen.

Also stell ich mich auf die Hinterpfoten, lege meine nassen Vorderpatscherchen an die Scheibe und schiebe meinen Oberkörper Zentimeter für Zentimeter in die Höhe. Jetzt läuft mir die Sauce erst richtig ins Portrait. Na prima!

Als meine Augen knapp über der Vegetationsgrenze angekommen sind, stoße ich unwillkürlich einen Schrei aus. Gott sei Dank im Ultraschallbereich – den von Euch, wie schon mal gesagt, keiner hört.

Wer da mit Udo Krämer plus vermutlicher Ehefrau am Esstisch sitzt und sich eifrig mit ihm unterhält sind *Lisi Moosgruber und Cem Kurnaz*!!! Ganz aus dem Häuschen, wackelt mein Köpfchen von selbst hin und her. Meine Super-Oberkommissarin! Hab ich mir das nur eingebildet, oder ist Lisis Kopf eine Millisekunde lang zu mir rüber und wieder zurückgeschwenkt? Jedenfalls spricht sie munter weiter mit den anderen, hat mich also nicht bemerkt.

Nach dem inneren Jubel stürzt mein Stimmungsbarometer prompt ab. Die reden alle wie wild und ich, ich versteh kein Wort, trotz meiner Ultra-Lauschlappen. Die Fenster sind nämlich wegen des Sauwetters verriegelt und verrammelt und anscheinend haben die Krämers einige Knete in Totaldämmung investiert. Das da unter meinen Pfoten ist mindestens eine Dreifachverglasung!

Scheiß die Wand an! Die quatschn ganz sicher grad über den Fall Marianne Kern, und ich versteh kein Wort! Bestimmt haben die schon das Wichtigste besprochen! Ich steh hier blöd rum, weiche langsam auf und drück mir die Nase an der Scheibe platt! Was soll ich nur tun?! Wie krieg ich raus, was die palavern?!

Na klar. Ich muss anderswo nach einem Zugang suchen. So beschäftigt bin ich mit meiner Verzweiflung, dass ich nur noch aus den Augenwinkeln den Schatten mitkrieg, der sich jetzt schnell in Richtung Fenster bewegt. Schon geht der Rolladen ein Stück hoch und die Terrassentür auf.

Ich erstarre auf der Stelle. „Freeze" nennt man das glaub ich, wenn die beiden anderen Schockreaktionen Kampf oder Flucht nicht mehr möglich sind.

„… mir ein bisschen zu warm. Nur eine kurze Weile, dann mach ich die Tür gern wieder zu", höre ich eine Stimme sagen, die mir bekannt vorkommt.

Als Moment um Moment vergeht und nichts weiter passiert, entspanne ich mich wieder ein bisschen.

Uff! Es war Lisi, die die Balkontür einen Spalt geöffnet hat. Dank der jugendlichen Hitze meiner Oberkommissarin kann ich das Gespräch jetzt prima abhören!

„… kommen wir aber jetzt bitte zu dem Grund, der uns hergeführt hat."

Das ist Cem. Anscheinend gab es bisher eher Smaltalk.

Gut!

„Sie haben Marianne Kern über den „Verein Blaublütige Bayern" gekannt, bei dem Sie drei Mitglieder sind bzw. waren. Ist das richtig?"

„Ja", kommt es etwas zaghaft von Frau Krämer.

Sie ist wohl Mitte 50, schaut drein als könnte sie kein Wässerchen trüben und ihre Aufmachung und ihre Art wirkt, ebenso wie bei ihrem Mann, irgendwie „bemüht vornehm". Udo Krämer nickt.

„Was war Frau Kern für ein Mensch?", fährt Cem fort und überlässt es den beiden, wer sich angesprochen fühlen darf.

Die Krämers wechseln einen Blick. Dann spricht Udo:

„Sie hat viel für andere getan. Hat immer geholfen, zum Beispiel beim Organisieren im Verein oder wenn einer krank war. Außerdem hat sie viel gespendet, soweit mir bekannt ist."

„Ihnen hat sie ja vorgeworfen, dass Sie zu wenig spenden. Als Geizkragen hat sie Sie vor den anderen bezeichnet, soweit ich weiß", schießt Lisi jetzt quer aus der Hüfte.

Ah, ich liebe mein taffes Mädchen! Sie lockt die Leut gern aus der Reserve. Prompt entrüstet sich die Ehefrau mit einer schrillen Stimme, die jede Zaghaftigkeit vermissen lässt.

„Das ist doch eine Lüge! Verleumdung ist das! Mein Mann spendet jedes Jahr an Weihnachten eine ansehnliche Summe für den SZ Adventskalender. Außerdem unterstützt er die Giesinger Chorknaben finanziell. Und ich kaufe stets *Feerträid*, wenn ich Honig brauche, obwohl der teurer ist!"

Das Gesicht vom Krämer-Mädel hat inzwischen eine gesunde Farbe angenommen.

Weiter so, Lisi!

„Außer der Knickerigkeit hat Frau Kern Ihren Mann vor ein paar Wochen beim Vereinstreffen des Verkaufs verdorbener Ware bezichtigt", bohrt die Moosgruberin in der Wunde. „Frau Kern hat Sie deshalb sogar bei der Lebensmittelkontrolle angezeigt."

„Aber meine *liebe* Frau Hauptkommissarin, Herr Oberkommissar – das hat doch niemand *ernst* genommen", kommt jetzt Udo Krämer in angestrengt ruhigem Tonfall seiner Frau zuvor und wirft ihr einen kurzen aber deutlichen Halt-die-Klappe-Blick zu.

Offensichtlich ist er der Besonnenere, sie ein kleiner Hitzkopf. Wie doch der erste Eindruck manchmal täuschen kann … Glücklicherweise hat der Nieselregen jetzt aufgehört – wärmer ist es trotzdem nicht geworden. Ich hol mir hier noch eine Fetzen Erkältung!

Da fällt mir ein – hat er *Haupt*kommissarin gesagt? Ach Du dicke Ratte, ich werd nicht mehr. Die Lisi ist jetzt *Haupt*kommissarin! Dann is sie ja befördert worden! Und der Cem auch! Vielleicht sogar, weil sie den Mord an diesem OB-Kandidaten aufgeklärt haben?

Ja – vielleicht hab ich dann auch ein kleines Scherflein zur Beförderung beigetragen!

Udos Weibchen beweist jetzt, dass Udo sie nicht wirklich im Griff hat:

„Als die Kontrolleure gekommen sind, war nichts mehr …, da haben sie rein gar nichts gefunden. Weil wir nur einwandfreie Lebensmittel verkaufen! Außerdem ist das sogenannte „Verfallsdatum", wie heute jeder weiß, nur ein *Mindest-* Haltbarkeitsdatum, also sind die meisten Lebensmittel da längst noch nicht schlecht!"

Jetzt legt Udo eine Hand auf den Unterarm der werten Gattin und den Blick, den sie sich diesmal einfängt, kann nicht mal sie übersehen.

„Ein bisschen übergenau war sie halt, die gute Marianne.", übernimmt der Gatte. „Hat sich gern ein bisschen wichtig gemacht, gerne die Tugendwächterin gespielt. Sie kennen solche Leute sicher."

Udo strahlt Lisi mit einem Blendax-Lächeln seinen gebündelten Charme entgegen. Der an ihr komplett abprallt.

„Verkaufen Sie eigentlich auch Alkohol, Herr Krämer?", fragt die Hauptkommissarin betont formal weiter.

Ihre Mimik gleicht der einer Eisprinzessin.

„Wie … natürlich schließt das Sortiment meines Feinkostgeschäftes auch Alkoholika mit ein. Warum fragen Sie?"

Udos Frage ignorierend bohrt Lisi weiter.

„Und Schokolade? Verkaufen Sie auch Pralinen? Pralinen mit Alkoholfüllung zum Beispiel?"

Jetzt fixieren sowohl Lisi als auch Cem die beiden Krämers, meine Fresse. Unter solch einem durchdringenden Blick würde ich zerlaufen wie Butter in der Sonne!

Auch Udo hat jetzt jede Gönnerhaftigkeit verloren und rutscht nervös auf seinem Stuhl herum. Frau Udo starrt entsetzt, den Mund halb geöffnet. Sieht nicht schön aus.

Udo fasst sich als erster wieder.

„Ja sicher, ich verkaufe auch Schokolade. Und Pralinen, mit allen möglichen Füllungen, darunter auch Alkohol. Warum möchten Sie das alles von uns wissen? Ich denke, Mariannes Tod war ein Suizid. Das klingt ja fast, als ob …"

„Woher wissen Sie, dass Frau Kern sich selbst getötet hat?", schießt Cem fix dazwischen.

„Ähh, das sagen doch, äh, alle …"

18 Maxi Mäuse Cop

Jetzt ist Krämer komplett aus dem Konzept gebracht.

„Haben Sie Schlafmittel im Haus oder in Ihrem Geschäft?"

„Schlaf… – was soll *das* jetzt wieder? Wir haben Thomapyrin im Haus, falls … Meine Frau hat ab und zu Kopfschmerzen. Aber sonst haben wir keine starken Medikamente, wir versuchen, so wenig Chemie wir möglich …"

„Wann haben Sie Frau Kern das letzte Mal gesprochen, Herr Krämer?", zieht Cem die Daumenschrauben weiter an.

Ein eingespieltes Team, die zwei, muss ich schon sagen!

„Wann …? Ja, weiß nicht … wann war denn das? Weißt Du das noch, Lydia, wann wir Marianne zuletzt …?"

Die Angesprochene hat ihren Mund inzwischen wieder geschlossen und schaut einfach nur grenzdebil zu ihrem Gatten hinüber. Ja, so wirklich bauen auf das gute Frauchen kann der liebe Udo wohl im Stressfall nicht.

Dann erinnert er sich selbst.

„Ach ja, jetzt fällt es mir wieder ein: Das war am Tag vor ihrer Verbalattacke auf mich bei der Vereinssitzung. Da war sie bei mir im Laden, hat sich eine Ewigkeit lang umgesehen, aber nichts gekauft. Ich hatte mich schon gewundert. Na, am nächsten Abend hab ich dann natürlich die Beweggründe der guten Frau verstanden."

„Haben Sie Marianne Kern jemals Pralinen geschenkt?", stellt Lisi eine letzte Frage.

„Wie? Nein! So eng waren wir nicht bekannt, befreundet schon gar nicht. Und nach dem ganzen Zinnober hätte ich ihr doch nie und nimmer etwas geschenkt. Sie hätte vermutlich auch gar nichts angenommen von mir …"

Verstörung hat sich in den Mienen von Udo und Lydia breit gemacht. Verstörung, aber keine Schuld, keine Angst, auch keine Wut. Das sehen anscheinend auch Lisi und Cem. Nach einem kurzen Blick, den Cem Lisi zuwirft, stehen beide auf und verabschieden sich.

Ich stoße einen Seufzer aus. Ich fürchte, hier ist unser Täter nicht zu finden. Dann geht mir siedend heiß auf, dass ich in Turbogeschwindigkeit das Haus umrunden muss, wenn ich rechtzeitig beim Abgang meiner Kommissare an der Haustür sein will. Ich glaub zwar nicht an die Schuld der Krämers, will aber auf Nummer Sicher gehen.

Das hab ich mir so angewöhnt, nachdem ich bei meinem letzten Mordfall wegen zu oberflächlicher Ermittlungen fasst das Zeitliche gesegnet hätte!

Als ich um die Hausecke pese – selbstverfreilich lautlos und im Schatten der Wand – begleitet Udo Krämer meine beiden Polizisten gerade zum Gartentor und redet mit seichten Themen auf sie ein. Er ist sichtlich bemüht, wieder Normalität herzustellen und die schlechte Figur, die er und seine Frau gemacht haben, wieder auszugleichen. Lydia Krämer steht auf dem Treppenabsatz vor ihrer Haustür und starrt mit immer noch aufgerissenen Augen hinter den Dreien her.

Jetzt oder nie! Eine Sekunde zögere ich noch, erwäge, statt der Hausdurchsuchung Lisi und Cem nachzulaufen. Es würde mich brennend interessieren, was die jetzt besprechen. Aber vermutlich sind sie mit einem Streifenwagen da. Und ich hab zwar schon öfter den blinden Passagier in Menschenautos gegeben, aber bei meinen super wachsamen Polis trau ich mich das nicht. Außerdem fröstel ich inzwischen ganz schön, ein bisserl Wärme könnt ich gut gebrauchen.

Also schlüpf ich hinter der Frau ins Haus und bin, wusch, im Schatten unter dem nächsten Möbel verschwunden.

Sobald Udo zurück ins Haus kommt, räumen er und Lydia noch im Wohnzimmer auf. Schweigend und offensichtlich in Gedanken. Dann ziehen sie sich ins Schlafzimmer zurück. Haben wohl für heut die Schnauze voll …

Ich rücke in den ersten Stock nach und platziere mich vor der Schlafzimmertür. Gott sei Dank stehen überall im Gang rechts und links an den Wänden irgendwelche angegammelten Möbel herum: Kästchen, ein schmaler Schrank, ein Tischchen vor einem ovalen Minispiegel, der in Menschenkopfhöhe aufgehängt ist usw. Lauter prima Versteckmöglichkeiten, falls plötzlich einer der beiden noch was Essen/Trinken will oder aufs Klo muss.

„Was um alles in der Welt sollte denn *das*?!"

Lydia hat scheints als erste die Sprache wiedergefunden. „Die haben uns ja behandelt wie Verdächtige! Du musst Dich bei diesem Stadtrat beschweren, der immer bei Dir im Geschäft einkauft!"

„Ach was, die haben nur Ihre Arbeit getan", versucht Udo sein Frauchen zu beruhigen. Wahrscheinlich ist er nicht erpicht darauf, sich einen wichtigen Kunden zu vergraulen. „Was mir mehr Sorgen macht, ist der Verdacht, dass die Marianne anscheinend ermordet worden ist. Warum sollten sie sonst so komische Fragen stellen?"

„So ein Quatsch, Udo! Wer sollte denn eine so alte Frau töten, auch wenn sie noch so eine Zimtzicke war?"

„Keine Ahnung – der Pfarrer vielleicht. Schließlich hat Marianne dafür gesorgt, dass er versetzt wird!"

„Udo! Du versündigst Dich! Der Pfarrer ist ein Kirchenmann und über jeden Verdacht erhaben. Er hat immer nur das Wohl seiner Gemeinde im Blick!"

„Ja. Und Deine wohlgeformten Beine!"

Oha – jetzt wird's pikant.

„Sag mal, spinnst Du, Udo!" Ist Dir gar nix heilig? Wann hätte der Pfarrer denn Gelegenheit, mich so hautnah anzuschauen?"

„Zum Beispiel genau letzten Sonntag bei der Predigt. Wir haben genau unter der Kanzel gesessen und er hat Dir die Hälfte der Zeit in den Ausschnitt gestarrt!"

„Ach, jetzt auch noch in den Ausschnitt. Schau da halt selber öfter hin, dann muss Dir das kein anderer vormachen!"

„Du gibst es also zu?!" …

Hier verlasse ich zügig meinen Lauschposten. So viel häusliche Harmonie halt ich echt nicht aus. Ein Zickenkrieg vom Feinsten ist das hier im Hause Führnehm! Dabei ist ganz egal, dass eine der Zicken männlichen Geschlechts ist!

Ich husche durch ein Zimmer nach dem anderen und schnuppere was das Zeug hält. Dabei kommt mir zugute, dass die Türen alle sperrangelweit offen stehen. Ist wohl bei Krämers so Sitte. Erst im Erdgeschoß wird das Background-Gekeife leiser. Mein Riechkolben meldet: nix, niet, nada.

Keine Spuren des Barbiturats, nicht mal im Badezimmer. Im Wohnzimmer riech ich zwar Alkohol, der ist aber deutlich weniger scharf als die Duftspur in Mariannes Handtasche. Auch Schokolade kann ich erschnüffeln, allerdings eine andere Geschmacksnote.

Jetzt läuft mir das Wasser im Mäulchen zusammen. Ich bin zwar kein „Süßer". Mit einer F-Semmel oder lecker Käse kannst Du mich viel schneller begeistern. Aber ein bisschen hab ich dann anscheinend doch abbekommen von der legendären Süßigkeiten-Verliebtheit von uns Ratten.

Na dann. Dieser Ortstermin war ja wohl ein Schuss in den Ofen. Auch der Kellertürschlitz, den ich minutiös absniffe, ergibt null verdächtige Substanzen. Und jetzt muss ich auch noch warten, bis einer der zwei Schnarchnasen die Haustür öffnet. Alleine komm ich hier nämlich nicht mehr raus.

Oh nein! Morgen ist auch noch Sonntag! Kann man nur hoffen, dass die beiden Turteltäubchen keine Langschläfer sind.

Wenigstes hat das Gekeife inzwischen aufgehört. Jetzt schnarchen die zwei Sparringspartner um die Wette! Ich verkriech mich ganz tief unter ein Wandschränkchen im Erdgeschoß-Flur. Leider kann ich die Sägerei immer noch hören. Ich weiß, was Ihr sagen wollt. Ich müsste doch alle möglichen nächtlichen Geräusche gewöhnt sein. Schließlich schlafe ich immer im Pulk.

Ja, stimmt. Mich stört weder das Reden noch das Hin- und Hergerutsche noch das Kommen und Gehen meiner Clanmitglieder beim Schlafen. Aber – keiner von uns schnarcht jemals auch nur annähernd so laut! Dieses rhythmische Gerassel sägt an meinen Nerven!

Es müsste mal jemand Ohropax für Nager erfinden. Allerdings, so groß wie unsere Ohren sind, seh ich da keine … – Kopfhörer! Die hab ich doch vorhin neben der Stereoanlage im Wohnzimmer liegen sehen. Vielleicht ist das die Lösung!

Ich fetze in Krämers living room und auf eine niedrige Kommode. Da liegen sie. Gott sei Dank keine von den ganz riesigen. Eher zwei mittelgroße tellerförmige Teile, die durch einen dünnen Metallbügel verbunden sind. Der hat zwar eine gewisse Spannung, lässt sich von mir aber mit einigem Kraftaufwand zusammenquetschen.

Ich stülpe die weich gepolsterten Scheiben über die Lauschlappen und –

Ruhe! Wunderbare *Ruhe!*

Jetzt muss ich nur noch, ohne irgendwo hängen zu bleiben, unter mein Nacht-Kästchen zurück.

Gähhn! Mann, hab ich gut geschlafen! Langsam öffne ich meine Äuglein. Und erstarre. Wo bin ich?! Keine weichen Fellkörper an meinem, kein Sven, Parkett statt Erde und Heu?

Da fällts mir wieder ein! Ich liege unter einem niedrigen Kästchen bei den Krämers. Es ist schon hell. Ganz schön hell, wenn Ihr mich fragt. Über den Boden spüre ich eine Erschütterung. Das typische Gewummer, wenn einer von

Euch Menschen in der Nähe herumgeht – nix für ungut, Ihr seid halt ein bisserl tram…, äh, schwerer als wir.

Aber warum höre ich dann nichts. Ich lausche angestrengt, aber nichts dringt an meine Ohren, nicht das leiseste Geräusch.

Bin ich plötzlich … *taub* geworden?!

Das kommt manchmal vor und ist eine absolute Katastrophe für uns Ratten!

Damit sinkt Deine Überlebenschance als wildes urbanes Nagetier gegen null!!

Ich lange an meine lieb gewonnenen Superlauscher, um sie per Hand auszurichten, erspüre statt meiner Ohren aber nur zwei dicke runde Scheiben. Da fällt der Groschen.

Die Kopfhörer …

Glücklicherweise hat diesen peinlichen Zwischenfall niemand mitgekriegt. Jedenfalls heble ich mir die Akustik-Blocker vom Kopf – und werde von einer an- und abschwellenden Welle aus Quietschen und Schnarren überspült. Vor Schreck schnell ich 15 Zentimeter senkrecht in die Höhe. Das sind 5 Zentimeter zu viel. Der niedrige Boden des windigen Kästchens, unter dem ich sitze, erweist sich als erstaunlich robust. Ich reib mir das schmerzende Köpfchen und warte, bis das Schielen wieder nachgelassen hat.

Dieses grässlich knirsch-quietschende Geräusch kenn ich. Wie unter Garantie jedes Geschöpf, das länger in einer bei Touristen beliebten Großstadt zugebracht hat:

Rollkoffer.

Mit einem lädierten Rad. Jeder von Euch scheint mindestens *einen solchen* zu haben.

Moment. Rollkoffer, hyperaktive Menschen – ein vorsichtiger Blick zeigt zwei paar Beine mit Straßenschuhen am Ende. Ein paar der Treter ist deutlich kleiner als das andere ...

Die hauen ab?!

Herr und Frau Krämer sind gerade dabei, das Haus zu verlassen. Womöglich in Richtung Urlaub! Heißt, wenn ich nicht schleunigst verschwinde, komm ich vielleicht erst in ein paar Wochen wieder hier raus!

Jetzt merk ich auch ganz klar die kühle, frische Brise, die meinen Riechkolben umweht. Die Haustür ist wahrscheinlich schon offen!!

Ein mutiger Blick unterm Kästchen hervor bestätigt meine schlimmsten Befürchtungen: Udo Krämer ist schon draußen, Lydia latscht grad über die Schwelle!

Maxi, jetzt musst alles auf eine Karte setzen!!

Lydias Koffer, den sie hinterherzieht, ist noch etwa einen halben Meter von der Schwelle entfernt.

Ich visiere den winzigen Spalt zwischen rechtem Rollkofferrad und Türstock an und sprinte los.

Eine Zehntelsekunde, bevor das (defekte!) Rad den Durchtritt erreicht bzw. ein liebenswertes, harmloses Rattenmännchen zu Brei verarbeitet, schlüpfe ich ins Freie, hechte die Treppe bis zur Mitte hinunter, schlage einen 90-Grad-Haken und springe in die Pampa. Gott sei Dank haben Krämers ein entspanntes Verhältnis zur Vorgartenpflege. Weshalb ich zwischen hohen Grashalmen und ("Un-?") Kräutern sofort unsichtbar werde.

Während ich Land gewinne, ertönt hinter mir ein schriller, sich überschlagender Schrei.

19 Maxi spielt Mäuschen

Als ich endlich zurück in den Bau komme, ist es schon später Vormittag. Ich hab die Bandhalteübungsstunde verpasst, wie mir Sirkit hilfebereit mitteilt, sowie ich eine Pfote in Kammer 2 gesetzt habe. Dann muss ich natürlich entschuldigend erklären was vorgefallen ist. Sie hat eine neue Übungsstunde für morgen Abend angesetzt.

Grad, als ich fertig bin und Sirkit weg ist, taucht Sven auf. Und ich berichte den ganzen Scheiß nochmal von vorn. Der muss jetzt auch weiter, zu seiner nächsten Unterrichtsstunde nämlich (grrr!) und murmelt etwas wie „… muss man sich wohl gewöhnen, wenn man einen Cop zum Freund hat".

Dann hör ich Marktschreiers Organ aus Gang 2, das sich rasch nähert und ergreife die Flucht in Kammer 3, werf mich hin zu den paar dort liegenden Schläfern und klapp die Äuglein zu.

Manchmal ist es einfach wunderbar, in einem Clan zu leben und viele Freunde zu haben.

Ich muss dann tatsächlich eingeschlafen sein. Nach dem Aufwachen circa zwei Stunden später kreist mein Hirn um den Mord und die potentiellen Täter:

Krämer – Verdächtiger Nummer 1; Georg Bruckner – eigentlich *auch* Verdächtiger Nummer 1, aber durch mein Kripoteam (ganz?) entlastet; der Pfarrer – ebenfalls verdächtig, welcher Stellenwert, *weiß* ich noch nicht.

Herrschaftszeiten!

Wie soll ich da bloß weiterkumma?!

Jetzt muss ich einfach mal raus. Ein bisserl rumlaufen und meine Gedanken ordnen. So *Bräinstoaming*, weil ich grad überhaupt nicht mehr durchblick. Auch, wenn es jetzt hellichter Tag ist. Muss ich halt vorsichtig sein. Aber die Leut, die so tagsüber in der Gegend um den Münchner Marienplatz oder in der Fußgängerzone unterwegs sind, wollen eh nur zwei Dinge: Shoppen oder Sightseeing. Für alles andere sind sie blind.

Hmm, noch vor einem halben Jahr hätt ich es niemals gewagt, tagsüber so einfach rauszugehen. Bin ich jetzt abgebrühter oder einfach leichtsinnig?

Pah, ich bin jetzt eben ein Profi!

Ich wusele also Gang 3 entlang, der mittig zwischen 2 und vier direkt Richtung Rathaus Rückseite führt und an der Oberfläche im Bereich der Rasenflächen und Bänke herauskommt. Um mich am Rand des allgemeinen Gewühls menschlicher Füße zu sehen, müsste ein Mensch schon über mich drüber stolpern, und das kommt einfach nicht vor. So gedankenversunken *kann* ich gar nicht sein. Das ständige Scannen der Umgebung nach möglichen Gefahren läuft bei uns Tieren nebenbei mit. Oder jemand müsste direkt nach mir Ausschau halten. Lächerlich!

Wie ich so mauernah dahin schlendere, führen mich meine Füßchen anscheinend automatisch Richtung Löwengrube und damit zum Polizeirevier. Plötzlich hör ich eine mir wohlbekannte Stimme. Ich schau nach vorn zu den Steinstufen um den Pilzbrunnen am Vorplatz der Frauenkirche – sinnigerweise Frauenplatz genannt. Wegen des strahlenden Wetters sprudelt das Wasser bereits munter über den Rand der Pilze und fällt dort wie ein Ringsum-Schleier nach unten. Kinder turnen vergnügt lachend über die nassen Pilzköpfe. Schön!

Schnell husch ich auf den schmalen Grünstreifen etwa zwei Meter hinter der obersten Steinstufe in den Schatten der Bäume.

Das gibt's doch nicht! Schon wieder kreuzen sich meine Wege mit denen von meinen geliebten München Cops! Wenn das kein Glück ist!

Während ich mein Radar auf volle Leistung stelle, bemerke ich, dass die beiden Händchen halten. Wieder freut es mich riesig, dass Lisi und Cem jetzt offenbar ein Paar sind. Diesmal allerdings sind die Polis zu dritt – der Andy ist auch mit von der Partie. Der nordisch hellblonde Andy Schiemanns. Er versucht immer, beim bayrisch Sprechen mitzuhalten, der Gute. Ja, die Hoffnung stirbt zuletzt …

Grad erklärt er seinen Standpunkt:

„… kann ich mir nichts anderes vorstellen, als dass die alte Frau einfach zu viel Schlafmittel geschluckt hat. Sie hat die Wirkung der scho abgelaufenen Barbiturate einfach unterschätzt. Vielleicht hatte sie scho lange keine mehr eing'nommen."

Bingo! Sie besprechen Mariannes Tod!

„Dagegn spricht, dass die Frau Krankenschwester war und jahrelange Erfahrung mit Barbituraten ghabt hat."

Ah! Jetzt ist der Cem an der Reihe. Lauscher gerundet, Maxi!

„Für mi schaut des nach am Selbstmord aus. Grad, weils zum Sterben in die Gruft zu ihre verehrten Könige gangen is. Als Motiv kann ma vielleicht „Verzweiflung an der Welt" nehmen. Schließlich war die voller schlechter Men-

147

schen – wenigstens aus Sicht von Frau Kern. Die war ja wohl a bisserl übertrieben religiös-korrekt, irgendwie scho fast fanatisch."

„Aber grad deswegn, weil sie so 'fundamental' christlich war, glaub i net, dass die Frau Kern Suizid begangen hat. Des is a große Sünde. Na. I hab a ganz unguats Gfühl im Bauch, was den Fall betrifft. I tät a Selbsttötung ausschließen und an Unfall auch."

Gut so, Lisi! I hab des gleiche Bauchgfühl, obwohl i a Rattn bin!! Mia san ganz klar viel verwandter mit Euch Menschen, als Ihr wahr haben wollts!!

Ins Bayrische verfall ich nicht nur bei Stress, sondern auch, wenn ich jemand anderen Dialekt reden hör.

Hoppla – da liegt ja was unter dem Baum links von mir. Boha, ein ganzes halbes Käsebaguette! Mit Salatblatt, Tomaten- und Gurkenscheibe! Zentimeterweise robbe ich im Krabbengang seitwärts auf die Leckerei zu, den Blick weiter fest auf die Steinquader mit meinen Polis gerichtet.

„*Brrrooaaar!*"

Mist, das war mein Magen. Täusch ich mich, oder hat die Lisi kurz über ihre Schulter in meine Richtung gelinst? Aber sie redet ohne Unterbrechung weiter. Muss mich wohl getäuscht haben.

„Nur mal angenommen, es wär Mord. Da hätten dann drei Leut a ernsthaftes Motiv, zumindest soweit mir wissen: Da Krämer, die Erbin und da Pfarrer. Dass' da Krämer war, glaub i net. So wia der und sei Frau reagiert ham, dad i die für unschuldig haltn. Bleiben no die Erbin Angela Bruckner und ihr Mann – und der Pfarrer Westermaier.

Der Bruckner hat tatsächlich Geldsorgn. Er kann die derzeitige Rate fürs Haus an die Bank net bezahln, weil ein Großkunde sei Rechnung net beglichen hat. Gegen den Kundn is sogar a Gerichtsverfahren anhängig. Allerdings schwörn der Testamentsanwalt und der Bankangestellte Stein und Bein, dass niemand was von dem vielen Geld gwusst hat. ‚Scho gar net' hätt die Frau Kern laut dem Bankmann es ihrer Nichte gsagt, weil sie deren Mann für einen ‚Versager' ghalten hätt, der ‚mehr ausgibt, als er verdient'. Und dass sie demnächst mit dem Geld a christliche Stiftung gründen wollt, war auch niemandem bekannt.

Natürlich is des komisch, dass sie ausgrechnet kurz bevors Geld sozusagen weggeben kann, stirbt. Aber den Bruckners is gar nix nachzuweisn. Die Hausdurchsuchung hat überhaupt nix ergebn. Die ham die Tante scho jahrelang nimmer gsehn – des hat auch die Nachbarin von der Kern, die Erna Brunner bestätigt. Die wiederum zwar an Wohnungsschlüssel von der Marianne Kern hat, also theoretisch Gelegenheit und, wenns gwusst hat, wo Marianne die Barbiturate aufbewahrt, auch des Mittel zur Tat. Aber nullkommagarkei Motiv.

Es is zum Auswachsen!'"

Ich hab das Lecker-Fresschen längst erreicht und bemüh mich, trotz des einfach himmlischen Geschmacks, weiter aufmerksam zuzuhören. Hab ich da grad laut geschmatzt? Mitten in der Bewegung erstarrt, blick ich angstvoll hoch zu Lisis Profil. Sie pausiert grad redetechnisch, schaut aber in eine völlig andere Richtung. Tatsächlich wirkt ihr Blick momentan ein bisserl verklärt. Soweit man das von schräg hinten sehen kann. Zucken da grad ihre Mundwinkel ein bisserl?

Jetzt spricht sie weiter.

Uff, Entwarnung! Verdammt, Maxi! Versuch, ab jetzt langsamer zu essen und vor allem *leiser!*

„Zurück zum Pfarrer. Der war oft in Frau Kerns Nähe, hätt ihr also theoretisch mit Schlafmittel versetzte Pralinen geben können. Und des Motiv wär auch relativ stark:

Die Frau is immerhin zum Bischof ganga und jetzt wird der Pfarrer versetzt. Irgendwohin in die niederbayrische Pampa.

Blöd is nur, dass ma, um des zu beweisn, im Pfarrhaus oder der Kirche des Mittel oder verdächtige Pralinen oder irgendwas in der Richtung finden müsstn. Aber bei der schwachen Sachlage kriegn mir nie und nimmer an Durchsuchungsbeschluss für an Kirchenmann! Da müsst scho einer von uns Mäuschen spielen und sich einschleichen …“

„Aber des geht natürlich net, mia san ja net in am Tierkrimi.“

Hmm, Mäuschen spielen …

Na klar! *Ich* kann das und ich *werd* das tun, quasi im Auftrag der Münchner Polizei!

Und zwar jetzt gleich.

Wenn des die Lisi wüsst!

20 Kommissar Mausgruber

Von meiner neuen Aufgabe inspiriert und fasziniert, mach ich mich sofort auf die Socken. Ist ja nicht weit. Wie ich vor der Kirche Sankt Moritz ankomm, bemerk ich etwa 20 Meter vor mir eine alte Frau. Sie geht gerade auf die Seitentür der Kirche zu. Von Grasbüschel zu Grasbüschel huschend schleich ich mich an. Am rund um die Kirche verlaufenden Kiesweg muss ich leider meine Deckung verlassen. Ich fege über den Weg in den Schutz der Kirchenmauer. Die alte Frau hat die Tür aufgemacht und verschwindet schon im dunklen Eingang. Kurz bevor die schwere Holzpforte zuschlägt, sprinte ich hindurch.

Und betrete eine andere Welt. So geht es mir eigentlich immer in Kirchen – nicht dass ich selbige regelmäßig aufsuche: Plötzlich sind der ganze Lärm, das grelle Licht, die ganze Hektik von draußen verschwunden. Hier drin ist es still, kühl, angenehm dämmrig. Irgendwie mag ich die meditative Atmo.

Im Innern der Kirche kann ich mich auch wieder sicherer bewegen. Es gibt viele Holzbänke und zahllose Schatten, die mich für Euch Menschen unsichtbar werden lassen. Zumal, wenn es so leer ist, wie jetzt. Die kleine alte Dame, die mir freundlicherweise, wenn auch unabsichtlich, Eintritt verschafft hat, ist neben mir der einzige Besucher.

Sie ist in die zweitvorderste Reihe vor dem Altar geschlüpft und kniet grad nieder. Sie stützt die Arme auf die niedrige Rückwand der Sitzreihe vor ihr, faltet die Hände vor dem Gesicht und senkt den Kopf. Das Kopftuch, das sie trägt, vibriert ganz sacht. Ich glaub, die spricht mit sich selbst!

Das hör ich mir mal an. Kann ja vielleicht nützlich sein. Außerdem, ich *gebs* ja zu, bin ich neugierig, was Menschen in der Kirche so reden. An fremden Kulturen hab ich immer Interesse.

Ich schlüpf unter die Bankreihen und nähere mich vorsichtig von hinten an. Schon zehn Meter hinter der alten Frau kann ich es mir bequem machen, obwohl sie flüstert – über die Qualität unseres Gehörsinns hab ich Euch ja vielleicht schon aufgeklärt.

Sie murmelt immer wieder dieselben Worte, schnell und aneinandergehängt:

„Heilige_Maria_Mutter_Gottes_bitte_für_uns_Sünder_jetzt_und_in_der_ Stunde_unseres_Todes_Amen. Heilige_Maria_ Mutter_Gottes_bitte_für_uns_Sünder_jetzt_und_in_der_ Stunde_unseres_Todes_Amen. Heilige_Maria_ …"

Erst jetzt seh ich, dass die Frau langsam etwas mit ihren Händen bewegt. Es ist eine Art Kette. Mit dicken aneinandergereihten dunkelbraunen Kugeln. Nach jedem Spruch schiebt sie die Kette um eine Kugel weiter. Aha.
Ich versteh nur Bahnhof. Muss ich mal Bartl danach fragen.

Plötzlich ändert sich der Tonfall der Frau und die Worte werden langsamer:

„Heilige Jungfrau, sprich für mich, damit der Herr mir verzeiht. Ich habe gesündigt wider Marianne Kern.

Herr, vergib mir meine Schuld. Vergib, dass ich Dein Gebot gebrochen habe.

Vergib, Deinem sündigen Kind!"

Heili-
ge_Maria_Mutter_Gottes_bitte_für_uns_Sünder_jetzt_un
d_in_der_ Stunde_unseres_Todes_Amen. Heilige_Maria_
…"

Holla die Waldfee! Sie wird doch nicht …?! Diese kleine
alte Dame …?! Ich weiß nicht, was dieses „Gebot" ist.
Aber ich weiß, dass die Regeln der Religiösen in Bayern
das Töten von anderen Menschen verbieten. Kann es sein,
dass diese total harmlos aussehende Omi eine *Mörderin* is?
Wenn ich noch länger zuhör, wird sie vielleicht konkreter.

Ich hocke eine gefühlte Ewigkeit unter meiner Bank
und die alte Frau murmelt ebenso lange vor sich hin. Erklärt aber nicht genauer, was ihre „Schuld" gegenüber Marianne ausmacht. Allerdings muss diese Schuld recht groß
sein, wenn man bedenkt, dass es in dieser Kirche alles andere als warm und die Frau definitiv nicht mehr die Jüngs-
te ist.

Selbst mir frieren langsam die Pfoten ein und die Na-
senspitze. Das ist immer ein ganz schlechtes Zeichen bei
mir. Da ist meistens eine Erkältung im Anzug!

Glücklicherweise beendet die Frau jetzt ihre Rede und
steht langsam und mühevoll auf. Momentmal… w

Wenn die jetzt zur Tür hinausgeht, verlier ich sie! Ich
mein, ich weiß ja nicht mal, wer das ist! Sie hatte keine
Handtasche dabei, in der ich mal klammheimlich nach einem Ausweis oder so hätt suchen können.

Jetzt bleibt sie stehen und schaut nochmal zum Altar
vor.

„Herr, ich war selbstsüchtig und hab schlecht geredet von der Marianne hinter ihrem Rücken. Hab mich für was Besseres gehalten und eifernde Gefühle in meinem Busen genährt. Bitte, verzeih mir diese schwere Schuld, Herr!"

Damit macht die Frau drei Kreuzzeichen und murmelt:

„Im_Namen_des_Vaters_und_des_Sohnes_und_des_heiligen_Geistes_Amen."

Na, wer sagts denn. Ist doch alles relativ harmlos. Uff! Da bin ich schon froh. Des hätt mi fei scho ziemlich geschockt, wenn die Seniorlady die Marianne …

Verflixtundzugenäht!

Mein Observationsobjekt schlurft unaufhaltsam dem Ausgang entgegen. Verfolg ich sie, oder bleib ich und führ meinen ursprünglichen Plan durch, den Pfarrer zu überprüfen? Die alte Frau ist zwar anscheinend nicht am Tod von der Marianne schuld, aber es wär doch gut, sie zu identifizieren und offiziell als Täterin auszuschließen.

Hinterher oder dableiben?

Unter meiner Bank husch ich hektisch hin und her.

Bin total unschlüssig.

Mein System schaltet unwillkürlich um, bevor es zum Totalausfall kommt und leitet eine Putzrunde ein. Immer nützlich, immer banal, immer unser Ausweg aus großen Zwickmühlen. Hat aber auch Nachteile: Ein paar Minuten später ist zwar mein Bauchfell den Kirchenbodenstaub los und erstrahlt wieder in makellosem Silberweiß, aber die Tante is weg. Mit einem Rumms fällt die Holztür ins Schloss.

Immerhin hat die Putzerei zu einer Entscheidung geführt. Wenn auch passiv …

Ein bisserl demotiviert schlendere ich in Richtung Pfarrhaus. Das schließt nämlich gleich an den hinteren Teil der Kirche an und ist durch eine Tür mit dieser verbunden.

Jetzt fällt mein Blick auf eine große steinerne Wandtafel mit Namen und komischen Worten, die ich nicht peile. Von Sven weiß ich, dass das lateinisch ist. Die „Cs", „Xe" und „Ls" auch – aber das sind Jahreszahlen. Kann mir nie merken, welche.

In der nächsten Nische, an der ich vorbeikomm, liegt eine lebensgroße steinerne Frauenfigur mit Flügeln – ein Engel! – auf einem riesigen Steinsarg. Da schau ich schnell wieder weg. Mit Särgen, wie gesagt, hab ichs nicht so …

Fast wär ich gegen eine Metallstange geknallt, die unvermittelt am Rand meines Gangs materialisiert ist. Ich schau nach oben und seh eine gewaltige Tafel vor mir. So eine auf Pfosten mit Rollen zum Schieben. Da drauf sind viele Fotos von Häusern und Menschen. Es steht zwar auch etwas Text dabei, aber der interessiert mich grad überhaupt nicht.

Schon will ich missmutig wieder wegschauen, da reiß ich meinen Bimbus nochmal nach oben. Täusch ich mich, oder ist das da ein Foto von der Frau, die ich grad observiert hab? Ja, ich glaub schon! Und da steht doch was drunter geschrieben! Das muss ich mir jetzt doch genauer anschauen.

Weil ich die Schrift von hier unten echt nicht entziffern kann, lauf ich schnell zur Kirchenbank gegenüber dem Gang. Hurtig hinaufgehuscht stell ich mich an den Rand der Holzkante auf die Hinterläufe, lehn mich bis zum Anschlag vor und kneif meine Äuglein zusammen.

P-f-a-rrer W-e-stermaier und L-u-d-m-i-l-e R-o-s-e-r m-it G-e-s-c-h-e-nken für die W-a-i-s-e-n-k-i-n-d-e-r im …

Nicht „Ludmile Rosen", sondern *Ludmilla Rosner*! Die Konkurrenz-Helferin von der Marianne! Mei so ein Glück! Kommissar Zufall brauchts halt auch ab und an.

Gleich geht's mir wieder besser.

Naja, jetz weiß ich immerhin, wer die alte Frau ist. Und kann sie von der Verdächtigenliste streichen. Auf der sie eigentlich eh nie ernsthaft draufwar …

Vor lauter Begeisterung krieg ich jetzt auf meiner Holzkante das Übergewicht und plumpse in die Tiefe – mal wieder. Weil ich aber inzwischen meine kleinen Unfälle gewohnt bin, dreh ich mich noch in der Luft und lande elegant auf allen vier Pfoten.

Hah! Von wegen, das können nur Katzen!

Frisch ermutigt husch ich erstmal Richtung Altar.

Naja, o.k., dann *humpel* ich eben ein bisschen dorthin. Na und?! Nach ein paar Metern lauf ich wieder 1a.

Im Vorraum zum Altar beweg ich mich geduckt und noch geräuschärmer als sonst. Fragt mich nicht warum, aber irgendwie mein ich, ich muss hier besonders respektvoll sein. Vielleicht, weil so ein Altar den Religionsgläubigen super wichtig ist. Kurz vor dem hohen schrankartigen Gebilde hinter dem breiten Marmortisch halt ich an und schnüffle. Der Bartl hat mir nämlich gesteckt, dass da so ein kleines Fach hinter einem Türchen ist, wo Sachen reingetan werden könne, z.B. Wein.

Mal ehrlich – Alkohol? Das hätt ich jetzt nicht gedacht, dass so ein Pfarrer mitten in der Messe einen zwitschert!

Aber *dieses* Fach enthält kein Quäntchen Alkohol. Jedenfalls im Moment. Und auch nicht in letzter Zeit. Da würd ich noch Spuren davon riechen. Schokolade oder irgendein giftiges Mittel kann ich übrigens auch nicht entdecken.

Nach ein paar Schnüffelläufen durch die ganze Kirche kann ich guten Gewissens sagen: Dieser Raum ist clean. Also auf zum nächsten.

21 Mit den Waffen einer Maus

Erst als ich vor der Pfarrhausdurchgangstür steh, wird mir klar, dass ich da nicht so ohne Weiteres reinkomm. Sie ist zu und vermutlich abgeschlossen.

Vorsichtig press ich meinen rechten Lauschlappen gegen das dunkle Holz. Natürlich erst, nachdem ich mich vergewissert hab, dass außer mir niemand in der Kirche ist – obwohl ich das aus akustischen Gründen eigentlich schon weiß. Will heißen, keine Menschen. Und keine Katzen. Freilich auch keine Hunde, auch keiner von diesen winzigen Kö… Hunden. Die schleichen sich manchmal fast lautlos an und dann kläffen sie Dir plötzlich direkt ins Hörorgan. In einer Lautstärke und Frequenz …!

Ach ja, man hats nicht leicht als städtisches Nagetier der XS-Klasse. Aber zurück zur Pflicht!

Zwar dauert es eine Weile, doch dann hör ich eine Stimme. Sehr leise. Aus den Tiefen des Pfarrhauses. Männlich, sonor, vorwurfsvoller Tonfall.

Hmm, könnte der Pfarrer sein. Bruder Bartholomäus klingt nämlich oft ganz ähnlich. Und er hat mir erzählt, dass kirchliche Hirten bei der Sonntagsmesse oft so eine Rede vor ihren Schäfchen halten, die *Pre-Digt* heißt. Da schimpfen sie dann die Leute für ihre Sünden und fordern sie auf, sich künftig zu bessern. Also wenn ich da an Onkel Vitus denke … Wieder ein Beweis, wieviel wir Ratten mit Euch Menschen gemein haben. Auch ohne Religionsglauben.

Na klar, die Sonntagsmesse! Heut Abend findet noch eine statt. Das heißt, ich muss nur warten, bis der Geistliche aus seinem Haus herauskommt und ich hineinschlüpfen kann.

Bis es dann soweit ist, bin ich ziemlich eingefroren. So edel so ein Marmorboden auch aussieht, er ist verdammt kalt.

Endlich, kurz bevor die Temperatur meiner Eingeweide den absoluten Nullpunkt erreicht, hör ich rasant lauter werdendes Getrampel von hinter der Tür und bring mich, dicht daneben an die Wand gepresst, in Stellung.

Mit einem Ruck schwingt die Pfarrerstür nach innen auf und ich kann grad noch verhindern, dass mich der Sog mitreißt. Als Ausgleich fegt eine große Gestalt in wallendem hellem bodenlangem Gewande an mir vorbei – darüber, entdeckt zu werden, hätt ich mir keine Sorgen zu machen brauchen – und stapft mit ausladenden Schritten Richtung Altar. Das Wogen des Stoffs wirbelt mich wieder ein paar Meter in die Kirche hinein, sodass ich nur mit knapper Not schließlich doch noch die rasch zuklappende Tür passiere und … mitten in der Vergangenheit stehe.

Genauer gesagt im Mittelalter.

Erstmal sind die Wände hier drin komplett mit fast schwarzem Holz verkleidet. Dann steht hier im Eck ein Ritter in voller Rüstung. Lebensgroß. Ich fall nur deswegen nicht in Ohnmacht, weil der Typ sein Schwert auf das mir gegenüber liegende Fenster gerichtet hat und weder atmet noch riecht. Sowas erkennt unsereins im Handumdrehn. Wir sind eben fix.

Apropos Fenster: Die Scheiben sind gelb-bräunlich und bestehen aus so runden, nicht wirklich sehr durchsichtigen

Glasteilen, die wie Flaschenböden ausschauen. Der Lichteinfall durch das Fenster tendiert gegen Null. Entsprechend düster ists im Raum – was mir einerseits immer zugutekommt, andererseits nicht wirklich gemütlich ist, sondern, äh, finster. Trotzdem sind die in der Luft umher schwebenden Staubpartikel deutlich sichtbar. Dunnerlittchen, mit *der* Pfarrersköchin würd ich aber mal ein Wörtchen zum Thema Putztechnik reden!

Auf diversen Regalen, ebenfalls aus dunkel-dunklem toten Baum, drängen sich zig Gegenstände, die heute keiner mehr braucht. Unter einer mindestens krallendicken Staubschicht: Ein extrem verziertes rundes Gerät für weiß Gott was. Ein kleiner roter Stoffbeutel mit aufgestickten Mustern an einem Bandl. Extrem kratzig aussehende, absurd riesige Wollhandschuhe. Eine Axt, deren schartige Schneide an den Enden links und rechts nach oben gezogen ist, so dass es ausschaut, als ob sie grinst. Eine Art Blatt aus dunklem Metall mit komisch geschwungenem Stiel, der sich am Ende kringelt. Ein mega gruseliges Mini-Bild, auf dem ein Mann einem anderen, der vor ihm sitzt, den Kopf aufsägt.

Ihhh!

Außerdem so verrostete Eisenringe mit Schrauben, von denen ich *nicht* wissen will, wozu man sie braucht.
Hochwürden haben einen leicht strangen Geschmack, wenn Ihr mich fragt.

Ich versuche, diverse weitere Bilder und bizzarre Gegenstände auszublenden, während ich nach dem suche, weswegen ich hergekommen bin: Spuren, die auf eine Verbindung zum Mordfall Marianne Kern hindeuten. Z.B.

161

Medikamente, Schnaps, Schokopralinen. Oder irgendwelche Unterlagen. Fangen wir mit dem Einfacheren an.

Ich schließe die Äuglein und halte meinen genialen Zinken in alle Himmelsrichtungen. Medikamente, Schokolade: keine. Alkohol: Da nehm ich einen winzigkleinen Hauch war und folge der Spur. Sie führt mich ausgerechnet auf das Regalbrett mit der Axt. Neben der stehen ein paar etwa rattengroße Männchen aus Glas, die sich bei näherer Inaugenscheinnahme (hah – das Wort hab ich von Lisi!) als Flaschen entpuppen. Und eine von denen enthält definitiv Alkohol.

Ich richte mich auf den Hinterläufen auf und strecke meine Pfoten hoch zur verdächtigen Flasche, um sie ein wenig zu kippen und den Korken genauer zu beschnüffeln.

Da springt mit einem RUMMS die Tür auf und ein riesiger weißer Vogel fliegt ins Zimmer. Mehr kann ich aus dem Augenwinkel nicht sehen. Ich bin mitten in der Bewegung erstarrt: auf zwei Beinen stehend, die Ärmchen ausgestreckt, den Blick auf die Flasche geheftet.

Jetzt hält der Vogel plötzlich an. Und starrt zu mir herüber, das spür ich in jeder Zelle meines Körpers.

Jetzt bloß nicht bewegen! *Nicht* zittern! Die Nackenhaare dürfen sich *nicht* aufstellen! Unmittelbar nach diesen Gedanken merke ich, wie die Haarfollikel an meinem Hinterkopf und entlang meines Rückgrates zu schwellen beginnen. Der weiße Archäopterix kommt auf mich zu. Meine Muskeln spannen sich zum Sprung vom Regal. Eine milliardstel Sekunde, bevor mein Fluchtinstinkt unwillkürlich das Ruder in die Hand nimmt, dreht das Federvieh ab in Richtung Durchgang zum angrenzenden Raum.

Weiterhin unfähig zu irgendeiner Regung, mit am ganzen Körper jetzt praktisch senkrecht stehenden Haaren, fange ich immerhin gerade wieder an zu atmen. Dass ich dabei leise pfeifende Geräusche von mir gebe, kann ich nicht verhindern. Gott sei Dank raschelt der große Vogel – bei dem es sich wohl um den Pfarrer handeln muss, wie mein wieder einsetzendes Gehirn jetzt diagnostiziert – hektisch in irgendwelchen Papieren. Dinge fallen nebenan zu Boden.

Vermutlich hat der vermaledeite Volltrottel irgendwas vergessen und sucht es jetzt ziellos. Lautes Rumpeln, ein vorbeihuschender weißer Schemen und das erneute Aufreißen und Zuschlagen der Tür sagen mir, dass er es schließlich doch noch gefunden hat.

Plötzlich herrscht im Zimmer eine Stille, die mir wie der Nachhall eines Megagongs in den Ohren klingt. Es dauert einige Zeit, bis ich mich aus der Erstarrung lösen kann – ist nach einem solchen Trauma gar nicht so einfach, kann ich Euch sagen. Dann sink ich erstmal total erschöpft auf meine vier Buchstaben zurück und heile meine seelischen Wunden.

Freilich hält dieser Zustand nicht lange an. Unsere rattische Regenerationsfähigkeit ist gewaltig und schnell. Muss sie auch sein, wenn Du meist auf der Flucht vor größeren und aggressiveren Tieren bist, z.B., ääh, vor Euch Menschen.

Was *mach* ich eigentlich hier?! Wieso lass ich mich von einer Ratte im Alter von Methusalem, die offensichtlich an einer Persönlichkeitsstörung leidet und sich einbildet ein *Priester* zu sein, dazu verleiten, unter Menschen rumzulaufen, sogar in deren Behausungen einzudringen?! Oder von dem Geschwätz einer Menschen-Polizistin, die ihren Job ohne mich nicht auf die Reihe kriegt?! Ich geh jetzt heim zu meinem Zukünftigen, wo ich hingehöre!! Das hier ist scheiß gefährlich für Unsereinen!!!

…

O.k. Jetzt geht's mir wieder besser. Maxi lässt das Ermitteln sein? Hah! Auf in die anderen Zimmer des Pfarrhauses.

Nebenan steht ein Schreibtisch. Wahrscheinlich hat der Pastor dadrauf rumgewühlt: Zig Papiere liegen verstreut, zum Teil übereinander und auf dem Boden. Den teilen sie sich mit ein paar Büchern.

Ja!! Meister Schussel hat die Scheibtischschublade offen stehen lassen. Boah, bin *ich* erleichtert! Das erspart mir eine ähnlich aufwändige und peinliche Aktion wie in Mariannes Wohnung.

Also wühl ich mich durch die geistliche Korrespondenz. Ist nicht annähernd so interessant, wie ichs mit vorgestellt hab. Eine Menge von den Schreiben sind ganz banal: Rechnungen, Mitteilungen von Versicherungen, Kontoauszüge. Kontoauszüge? Hmm, mal genauer hinschauen.

Fehlanzeige. Keine Überweisung von oder an Marianne Kern. Nix Verdächtiges, nur anscheinend normale Abbuchungen. Keine größeren Summen. Aha, so viel verdient ein Seelsorger also … Auch nicht der Rede wert. Kein Wunder, dass er sich nuro ollen Krempel leisten kann.

Ein paar Zettel sind mit handschriftlichen Sätzen be-schmiert – das sag ich, obwohl meine eigene Schreib-schrift eine echte Katastrophe ist – und ich kann sie kaum entziffern. Überschrift ist immer „Predigt":

„Mitten im L-e-b-e-n er-ei-lt uns der T-o-d"

Große Überraschung ….

Da ist eins der Bücher aufgeschlagen. Lesen wir mal, was da steht:

„Wenn eine Jungfrau verlobt ist und ein Mann trifft sie innerhalb der Stadt und wohnt ihr bei, so sollt Ihr sie alle beide zum Stadttor hinausführen und sollt sie beide steini-gen, dass sie sterben, die Jungfrau, weil sie nicht geschrien hat, obwohl sie doch in der Stadt war, den Mann, weil er seines Nächsten Braut geschändet hat; ...

5. Buch Mose 22,23-24"

Waa?! Und wenn der Typ ihr den *Mund* zugehalten oder sie *bedroht* hat? Das klingt ja auch ziemlich mittelalterlich und gnadenlos! Was soll ich denn *davon* halten?!

„Du sollst keine fremden Götter neben mir haben."

Hmm. Klingt a bisserl unsozial, aber wenigstens net so brutal wie des Zeugs vorher.

Ich dachte immer, der Glaube soll die Leute zu guten, positiven Menschen machen, die sich gegenseitig helfen, so sagts wenigstens der Bartl …

Auch in diesem Zimmer hier schaut es nicht besser aus, als im ersten. Dunkle Tapete, kleines undurchsichtiges Fenster, Teppiche auf Teppichen – in einstigem dunkelrot – auf massiven Holzdielen. An den Wänden unzählige kleinere Bilder in dicken Rahmen. Die Bilder braun, dun-kelgrün, dunkelrot. Die Rahmen in verdrecktem Gold.

165

Auf dem Schreibtisch mit den extrem schnörkeligen Beinen (supergut zum Hochklettern!) eine Leselampe mit einem Schirm in der Farbe von verblichenem Eidotter. Pater Schussel hat sie brennen lassen – was man allerdings kaum merkt. Vermutlich energiesparende 10 Watt.

Und überall: Staub, Staub, Staub. Langsam setzt sich der in meinem Gesichtserker fest und beeinträchtigt meinen genialen Geruchssinn.

Mist, verdammter!

Also schnell die Schublade durchforstet, damit ich das restliche Haus stöbern und bald möglichst von hier verschwinden kann!

Wie bei Marianne hat Ehrwürden in seiner Schublade den Reisepass. So sieht der also aus. Hab bisher von ihm ja nur seine bodenlange Kutte gesehen. Dunkle Haare, dunkle Augen, kantiges Gesicht. Ja, passt hier rein. Außer dem Reisepass sind hier einige Briefe von verschiedenen Leuten.

Ich fange an, den ersten zu lesen. Spätestens nach der dritten Zeile wird mir klar, dass das ganz schön persönliche Post ist von jemandem, der Herrn Pastors Hilfe erbittet. Uff! Ich höre sofort auf zu lesen – überfliege den Rest des Textes nur nach relevanten Stichworten. Hat nix mit dem Fall zu tun, Madame Kern wird nicht erwähnt. Die *Privat-Fähre* ist mir heilig. Bei Brief Nummer zwei bis sieben ist es dasselbe.

Das letzte Schreiben allerdings stammt vom Bischof. Das muss ich natürlich jetzt lesen, weil unter Umständen und sehr wahrscheinlich fallrelevant.

„Geehrter Herr Pfarrer Westermaier,

angelegentlich der Beschwerde von Frau Kern, Marianne, habe ich Ihre Bitte um Aussetzung der Strafe Ihrer Versetzung an die Pfarrgemeinde Hinterpimpfingen noch einmal überdacht. Ich habe jüngst eine Auslassung des Heiligen Vaters zu ebendiesem Thema erhalten, das eine Beschleunigung von rechtmäßigen Eheannullierungsverfahren anregt. Ich bin in mich gegangen und zu dem Schluss gekommen, dass die Ehe des besagten Gemeindemitgliedes zum Zeitpunkt der Teilnahme an der Heiligen Kommunion, die Sie, Herr Pfarrer Westermaier erlaubt haben, bereits als annulliert gelten kann.

Ihre Versetzung kann folglich derzeit ausgesetzt werden.

Ich ersuche Sie jedoch dringend, in künftigen Fällen vorher meine Zustimmung ..."

Und so weiter. Also, soweit ich das geschraubte Geschreibsel verstehe, wird Mr. Reverend jetzt doch nicht versetzt. Mal das Datum des Briefes checken.

Bingo. Der wurde verfasst und ist … ja, auch eingetroffen mindestens eine Woche vor Mariannes Tod. Immer schön das Datum des Poststempels checken!

Was sagt uns das?

Wieder fällt ein Verdächtiger weg.

Weil ich gründlich bin, durchsuche ich noch den Rest des Pfarrhauses. Obwohl das eigentlich keinen Sinn mehr macht. Aber so sind wir Ermittler eben …

Ich nehm das Ergebnis mal vorweg: Null, nix, nada.

Weder in des geistlichen Herrn Schlafzimmer (90 Zentimeter breites Bett, superkleines Nachttischchen, dankenswerter Weise ohne Schublade, Uraltkiste mit Löchern und zusammengefalteten Klamotten drin, müffelnd), noch in der Küche (Gasherd, kleiner Kühlschrank, einfacher Holztisch + 2 Stühle), noch im Bad (Metall-Badewanne mit Füßen einer undefinierbaren Tiergattung, kleiner Boiler, Winz-Waschbecken).

Komfort geht anders. Zumindest die unteren Hierarchiestufen der Kirche leben anscheinend echt demütig.

Abgesehen davon: Hab ich da jetzt was falsch verstanden, oder sind von meinen/unseren 3 Verdächtigen 3, in Buchstaben „drei" weggefallen? Entlastet? Unschuldig?

Gerade bildet sich ein unschöner Knoten in meinem Hirn. Ich muss das unbedingt alles nochmal überdenken. Aber erst, wenn ich wieder daheim in meinem sicheren warmen Nest bin.

Jetzt warte ich erstmal wieder. Bis Monsieur Pastor nach der Predigt zurückkommt. Bis der Herr eingeheizt hat (im Studier- = Wohnzimmer steht die einzige Heizung). Bis es schließlich so sauwarm wird, dass il signor pastore – e e e n d l i c h – ein Fenster aufmacht und ich in die Nacht entfleuchen kann.

Ufff!

22 Münchner Mäuse Meute

Wie ich so gegen Mitternacht in den Bau zurückkomme herrscht Chaos. Alle rennen aufgeregt durcheinander und es braucht eine Weile, bis ich meinen Zukünftigen gefunden, wir eine ausgiebige Schnauzewetz-Begrüßungszeremonie hinter uns gebracht und ich den Grund für die Aufregung erfahren hab:

Das iPad läuft nicht mehr.

Das ist, vorsichtig ausgedrückt, gequirlte Megascheiße.

Weil ich den zur Recherche brauch, um Fahrpläne der Öffis zu checken, Hintergrundinfos aller Art auszuforschen usw. Und meine Clan Mitglieder haben inzwischen viele Bücher, Filme etc. liebgewonnen. Die wollen sie nicht mehr missen.

Sucht halt – ich kenn mich da aus.

Mitten ins Durcheinandergefiepe kommt Luigi, ein halbwüchsiger Neuzugang aus Bella Italia, lässig auf mich zu geschlendert.

„'ai Maxi. Iss kanne die Ai-Päd wieder 'eile mache. Iste nixe swär. Mir iste aufgefalle, dasse die Mense oft mackte so Snur an die Ai-Päd, wenn gähe nix mär. Sie sage, dass Ai-Päd wieder ‚auflade'. Ai-Päd brauckte S-t-r-o-m per mangiare, ssu ässen. Gibt Snur und Strom ganze nahe.

Gleiss auf La Piazza Della Santa Maria. Iss 'ab mis mal umgesehe in die Mense-Lade dort, wo sinde viele Ai-Päds und so… In die Nacht iste keine mär dort. Non c'è problema.

Iss gäh gleis 'in und mack iss Bauche von die Ai-Päd wieder voll!"

Beim Zuhören ist mir langsam das Göschchen immer weiter aufgegangen. Ich sag ja – internationale Beziehungen zahlen sich aus. Ein Blick auf meinen Svenemann zeigt, dass er genauso sprachlos ist, wie ich.

„Na gut. Also super, ääh Luigi", bring ich schließlich raus. „Du kannst das Ding gerne haben und Dein Glück versuchen!"

„Dass iste nixe Gluck.

Italiänniss Rattenmänner sinde beste von Welt!"

Aaah – *ja*!

Auf dem Weg zu Kammer 3 läuft Zwiebel fast in mich rein. Er ist ganz hibbelig. Brennt darauf, mir seine Neuigkeiten mitzuteilen.

„Maxi, die haben was gesehen. Die vom Hirmer Clan. Deine Tote hat sich mit einem Mann getroffen. Also, als die noch gelebt hat. Auf dem Platz vor der Sankt Michaelskirche. Beim Richard-Strauss-Brunnen."

Erschöpft von diesem ungewohnten Wortschwall, muss Zwiebel erstmal verschnaufen. Ich bezähme meine Ungeduld. Ihn mit Worten wie *„uuund – was haben sie gesaaagt/getaaan*?", anzutreiben, ist jetzt wenig hilfreich. Würde Zwiebel eher blockieren.

Übrigens – für alle, die unsere wunderschöne Stadt nicht kennen: Der Eingang zur Michaelikirche und damit der Brunnen liegen mitten in der Fußgängerzone. D.h., wie in allen Städten mit solchen reinen Einkaufsmeilen fast ohne Wohnungen, ist die Fußgängerzone nach 21 Uhr ziemlich menschenleer.

Kurz bevor ich vor Wissbegier platze, fährt mein Bruder fort.

„Die haben kurz geredet, dann haben die Frau und der Typ kurz die Hände zusammengesteckt. Was die da genau gemacht haben, konnten die Kollegen vom Hirmer Clan nich sehn. Aber dann is die Frau in die Gruft reingegangen und der Typ is Richtung Stachus abmarschiert. Dabei hat er was Kleines ausgepackt aus einem dünnen blauen Papier und gegessen. Die Kollegen ham dann nachgeschaut, ob noch was Verwertbares drin war. War aber nix mehr drin.

Das Papier hat nach Schokolade gerochn."

„Mensch Zwiebel!", ruf ich begeistert, „des sin ja ganz tolle Neuigkeiten! Der Mann ist sehr wahrscheinlich der Mörder von Marianne Kern! Der hat ihr die ‚vergiftete' Praline gegeben und selber eine ungiftige gegessn!

Wie hat der denn ausgschaut?! Hast Du Dir eine genaue Personenbeschreibung geben lassen?!"

„Naja", antwortet Zwiebel mit unsicherer Miene. „Da hab ich jetzt gar nich drangedacht."

„*Himmisakra!*", entfährt es mir.

Das tut mir anschließend sofort Leid. Weil, Zwiebel kann ja nix dafür. Und er ist doch ein Lieber, Verlässlicher und leicht verletzlich. Gerade will ich ihn von jeder Verantwortung freisprechen und für seinen Einsatz loben, da fährt Zwiebel fort.

„Aber der Tim von den Hirmers, der hat gesagt, dass Du den Heini sicher genau beschreiben haben willst. Und dann hat der mir gesagt, wie der ausgesehn hat."

Pause.

Meine Gefühle Zwiebel gegenüber haben gerade einen Powerslide hingelegt und zeigen wieder in die entgegengesetzte Richtung.

So ein blöder Arrr... – *is* der so langsam, oder macht der das mit *Absicht*?!!', denk ich und hab grad Mühe, den weiteren Ausführungen meines Bruders zu folgen.

„... kaum Haare auf dem Kopf. Er hatte eine Brille auf. Außerdem war er sehr klein. Nicht größer als die alte Frau. Und er war sehr, sehr dick. Sowas hat der Tim noch nie gesehn. Ist mit einem Stock gegangen. Er hatte ein fieses Grinsen im Gesicht, als er von der Frau wegging."

Jetzt weiß ich nicht, ob ich lachen oder weinen soll. Gerade, wie mir alle meine schönen Verdächtigen abhandengekommen sind, da tut sich eine neue Spur auf – nur um dann gleich wieder in der Sackgasse zu enden!

Weil, einen Verdächtigen, auf den diese Beschreibung auch nur im Mindesten passt, hab ich einfach nicht.

Der Mörder ist also ein Außenstehender.

Und wie solln wir den jetzt bitte finden?

...

Natürlich!

Die Münchner Rattengemeinschaft muss wieder ran!

So wie bei meinem letzten Fall. Alle Ratten von München Zentrum müssen auf den Täter angesetzt werden.

„Wenn der mittn in da Nacht z'Fuaß vor da Michaelskirch rumhatscht und schlecht laufn kann, nachad wohnt der in da Näh!", teil ich der Welt und dem verduzten Zwiebel mit.

„Mir werdn Di jagn bis ans End von dera Welt!!

... bis ans End von München!

172

… wenigstens bis ans Ende der Innenstadt.“

„Ganz toll gemacht, Zwiebel!“, verabschiede ich mich von meinem Bruder, dem ich damit ein strahlendes Lächeln ins Gesicht gezaubert hab.

Jetzt muss ich sofort zum Hirmer Clan und zu Tim. Ich hoff so, dass die des Einwickelpapier von der Praline noch haben.

Einen Mörder fangen ist eine Sache. Beweise in Form von DNA-Spuren haben, eine andere. Zumal ich nicht davon ausgeh, dass Tim als Zeuge der Anklage vor Gericht zugelassen wird…

23 Maus Al Dente

Mit Überschallgeschwindigkeit pese ich raus aus Gang 3, jage rechts an der langen Mauer des Rathauskomplexes entlang und quer über den Marienplatz, um auf Höhe der Mariensäule scharf rechts abzubiegen. Es ist zwar Mitten in der Nacht, aber um Münchens zweitälteste Gaststätte (seit 1715), den neuen Donisl herum herrscht trotzdem noch ein bisserl Fußgängerverkehr. Obwohl der jetzt, ganz ordentlich-traditionell, nur noch bis Mitternacht offen hat.

Mit pochendem Herzen komm ich beim Hirmer Clan an. Ich muss Tim aus dem Schlaf reißen und das gefällt uns beiden eher weniger. Als ich ihm aber erklärt hab, worums geht, ist er sofort hellwach.

„Du siehgst, i brauch dringend des blaue Einwickelpapier, um den Täter zu überführn!

Bitte, bitte sagts mir, dass Ihrs net weggschmissn habts!!"

Ich stiere dem Tim in die Augen und drücke die Daumen an meinen beiden Vorderpfoten. Gar nicht so einfach, wenn man damit gleichzeitig auf dem Boden steht und das Gewicht darauf verlagert ist, weil man den Hals dermaßen vorgereckt hat, dass der Kopf wie eine Rakete aus dem Körper gen Gesprächspartner zeigt.

„Naja", antwortet Tim nach einer gefühlten Stunde, „Ich hab das Papier meinem Jüngsten zum Spielen geben."

„Tom, komm mal zum Papa und zeig Maxi Deinen neuen blauen Papierball!"

Sofort kommt der Kleine angewuselt und präsentiert das zerknüllte Einwickelpapier voller Stolz. Als sein Papa ihm allerdings erklärt, dass Maxi das Balli mitnehmen muss, fängt Tom erwartungsgemäß und verständlicherweise an zu greinen. Nach langwierigen Verhandlungen einigt man sich darauf, dass Papa noch heute Nacht mit dem Sohnemann an der Oberfläche auf die Pirsch nach einem neuen, spannenden Spielzeug geht. Da das Toms erster Ausflug nach oben sein wird, herrscht nun eitel Sonnenschein. Außer bei Tim.

„Du hast was gut bei mir!", rufe ich, schon wieder auf dem Weg nach draußen.

Zurück im Bau stoppe ich Marktschreier, dessen grau bepelzten Hintern ich glücklicherweise gleich in Kammer 2 ausmache.

„Marktl! Du musst eine Großfahndung einleiten! Im gesamten Gebiet München Zentrum! Wir suchen sehr wahrscheinlich den Mörder von Marianne Kern!"

Ich geb Marktl noch die Personenbeschreibung und der sprintet sofort los.

Ja, auf unseren Marktschreier ist halt Verlass!

Nach einer Nacht mir supergutem Schlaf, dicht an das warme, samtene, wunderbar duftende Fell meines Lieblings geschmiegt, mache ich mich am Montag früh trotz allem auf den Weg zur Beerdigung von Marianne Kern. Ich bin mir zwar total sicher, dass unser unbekannter Moppel der Täter ist. Aber mein erster Fall hat mich auf bittere Weise gelehrt, wie sehr man sich irren kann und vermeintlich klare Fakten sich als falsch herausstellen können.

Außerdem hab ich so ein komisches Gefühl. So, als hätt ich was … vergessen … oder übersehen. Schon wieder. Irgendwas passt nicht.

„Die nächste Bandhalteprobe ist heute am späten Nachmittag!", ruft Sven mir noch hinterher.

Die gestrige hab ich natürlich verpasst. Mist! Sven hat zwar kein Wort darüber verloren, aber ein bisschen enttäuscht war er doch.

„Geht klar!", antworte ich mit nervöser Munterkeit.

„Diesmal bin ich überpünktlich!"

Die Trauerfeier findet um 8 Uhr in der Aussegnungshalle statt. Ich will aber frühzeitig am Nordfriedhof sein, um mir einen geeigneten Platz zum Beobachten zu suchen. Ein Blick auf die Uhr über dem U-Bahnaufgang sagt mir, dass ich es mit der Pünktlichkeit übertrieben habe. Wenn ich die U6 um 7:04 Uhr ab Marienplatz nehme, dann bin ich schon um 7:12 Uhr am Zielort. Das reicht, um lange vor den ganzen Blumenaufstellern und selbst den eifrigsten Trauergästen anzukommen.

Also gönne ich mir noch einen kleinen Morgenspaziergang. Zuerst dehne und strecke ich mich mal ausführlich.

Ahh, das tut *guut*!

Tief sauge ich die frische, noch kühle Luft in meine Lungen. Das schärft die Sinne!

Wie ich so dahinwusele sehe ich links neben mir aus einem Hauseingang plötzlich ein Hinterteil aufragen, das mir nur allzu bekannt vorkommt. Sofort stellen sich mir sämtliche Haare auf. Dieser beeindruckend breite Allerwerteste gehört niemand anderem als *Franz-Josef.* Berüchtigtster und fettester Kater Münchens und mein persönlicher Dauerfeind. Auch wenn zwischen uns so eine Art von widerwilligem gegenseitigem Respekt herrscht, hab ich keine Sekunde lang vergessen, dass Franz-Josef mich bei unserer letzten Begegnung beinahe gefressen hätte.

Um seinen „Ruf" nicht zu gefährden …

Könnte ja jemand denken, er sei ein Weichei. Hah! Der Megaklops mit seinem struppigen grau-braun-rot getigerten Fell, den gelben Suchscheinwerfer-Augen, dem kampfzerfransten Ohr und der 5 Zentimeter langen Narbe unter dem linken Auge ein Weichei?

Das Bild kriegt niemand im Hirn zusammen!

Auf Samtpfötchen mache ich kehrt. Gerade als ich die Gefahrenzone hinter mir gelassen habe, höre ich ein schwaches Fiepen.

„*Hilfe!*"

Sehr zittrig und sehr leise. Aber, wie ich nicht müde werde, Euch zu verklickern, bin ich eine Ratte, höre also die Flöhe husten. In Garmisch. Na jedenfalls fast. Mist verdammter! Hier wird demnächst ein Artgenosse, Mitbürger unserer solidarischen Münchner Rattengemeinschaft, zu Katzenfutter verarbeitet. Andererseits, was kann ich schon ausrichten gegen einen Fleischbrocken wie F-J?

Der Gewissenskonflikt will mich gerade zu einer Putzrunde zwingen. Dafür hab ich jetzt aber *gar* keine Zeit, denk ich, während meine Pfötchen bereits völlig autonom damit beginnen, das Fell rund um meinen Kopf zu striegeln.

Ein weiterer Schrei, drängender und lauter diesmal, reißt mich aus den Wachkoma.

DAS IST MÜTZE, DAS MITTLERE KIND MEINER BESTEN FREUNDIN SIRKIT!!

Ohne auch nur einen Moment nachzudenken, schwing ich meinen Körper herum, nehme Anlauf, springe, lande und – verbeiß mich ins Rückenfell von Kater Franz-Josef.

„Meeaaoooouuuu!"

Was hab ich getan?

Bin ich noch zu retten!?

Ich beiße das „Monster von München"?!!

Der Hammer der Erkenntnis schlägt gerade auf mich ein, von dem Geschmack zwischen meinen Zähnen ganz zu schweigen. Die Frage, wies jetzt weitergehen soll, wird umgehend beantwortet.

Franz-Josefs Rücken schnellt empor, dreht sich um die eigene Achse, fliegt nach hinten, alles gleichzeitig. Dann landen wir wieder auf der Erde und alles fängt von vorne an. Der Kater bäumt sich auf, springt und grunzt dabei wie ein Rodeopferd.

In Zeitlupe geht das so:

Nur mit meinen Zähnen und den Vorderpfoten in F-Js Fell verkeilt, werd ich wie ein Cowboy hochgerissen, mein Hintern und Bauch schweben hoch, bleiben kurz in der Luft stehen, fallen zurück nach unten und lande mit einem Bauchklatscher direkt auf der breiten harten Wirbelsäule des Katers. So hüpfen wir eine Weile durch die Gegend und mir wird schon ganz schwummrig in Kopf und Bauch.

Dann flieg ich wieder mit dem Hinterteil nach oben, leg mich aber plötzlich schräg, als F-J in der Luft eine Kurve macht und rutsch bei der nächsten Landung beinah seitlich ab.

Der Kopf des Katers schnellt herum, ich schwing mich mit aller Kraft wieder hoch auf seinen Rücken, – lange dolchartige Zähne schnappen mit einem lauten Klacken *da* zu, wo noch vor einer hundertstel Sekunde mein rechtes Füßchen hing – mit mir dran.

Der Schwung hat mich wie einen Punchingball auf F-Js andere Rückenseite geworfen, lange kann ich mich nicht mehr halten. Mein Gebiss und die Finger sind schon ganz taub. Mit einem gewaltigen Ruck reißt der Kater seinen Kopf auf meine Seite herum.

Ich schaffs nicht mehr, mich hochzuziehen, jetzt ist alles aus!

„Ddooiiinnggg!!!"

Plötzlich geht's abwärts. Franz-Josef ist mit seinem Dickschädel gegen einen Lichtmast gerammt.

Er wankt, er fällt um – AUF DIE SEITE, WO ICH HÄNG!! DER ZERQUETSCHT MICH WIE EINE HASELNUSS!!!

Dass ich einfach nur loslassen muss, kann meine angeschlagene Birne nicht mehr verarbeiten.

Aber ich hab Glück. Der schwere Kater stürzt wie eine gefällte Eiche auf seine andere Seite und bleibt bewusstlos liegen.

Total erschöpft lass ich meinen Hintern in Richtung Erdboden gleiten und lass die Pfoten los. Unglücklicherweise bleib ich mit meinen Vorderzähnen in Franz-Josefs

Fell verkeilt. Jetzt häng ich wie ein Bergsteiger im Seil an meinem Doppelzahn an der Flanke des F-J-Gebirges, meine Füße baumeln knapp über dem Erdboden in der Luft und suchen vergeblich Halt in der Steilwand des Fells.

Ich hab einfach keine Kraft mehr.

Wenigstens ist Mütze verschwunden, ich sehs aus den Augenwinkeln.

Plötzlich geht ein Erdbeben durch den Körper des Katers – er grunzt.

Der wacht wieder auf!

Verzweifelt strample ich mit den Hinterläufen, meine Krallen rutschen immer wieder ab. Erfolglos versuche ich einen Klimmzug mit meinen bleischweren Armen.

Franz-Josef hebt träge seinen Kopf.

Jetzt musst aber zuri machen, Maxl, sonst ghörst der Katz!!!

Ich zwing mich zur Ruhe und verbringe wertvolle Sekunden mit Einatmen … Ausatmen …Einatmen … Ausatmen …Einatmen … Ausatmen.

Jetzt hat F-J den Kopf aufgerichtet, schüttelt ihn, schielt mich an und versucht, die Augen auf mich scharfzustellen.

ZWEI TELLERGROSSE TRÜBE GELBE SONNEN VERSUCHEN, MICH MIT IHREM BLICK ZU VERBRENNEN!!!

Mit überrättischer Kraft hangle ich mich mit den Vorderpfoten hoch, stemme die Krallen meiner Hinterläufe ins Katzenfell und zerre an den um meine Vorderzähne geschlungenen Haaren.

Endlich geben sie nach.

Noch im Fallen fangen meine Beinchen an zu rennen. Ich rase, flitze, sause, stürme Haken schlagend über Stock und Stein, durch Gärten und Löcher, unter Treppen hindurch und über Gras bis ich keine Luft mehr bekomme. Dann kauere ich mich ganz hinten in einem engen tiefen Steinloch zusammen.

Franz-Josef ist mir nicht gefolgt. Das beruhigt mich ein bisschen. Trotzdem brauch ich noch eine Ewigkeit, bis ich wieder halbwegs klar atmen und denken kann. Ich muss mich jetzt unbedingt erstmal ausruhen.

Trotz allem will ich immer noch zum Nordfriedhof. Warum ist mir nicht ganz klar – aber mein Instinkt sagt mir, dass es wichtig ist.

Bevor ich einpenne, denk ich noch:

Jetzt ist endgültig Schluss mit ziemlich beste Feinde zwischen Franz-Josef und mir.

Außer, er hat mich gar nicht erkannt …

Dann tauche ich hinab in absolute Schwärze.

24 Die Sendung mit der Maus

Als ich wieder aufwache steht die Sonne schon deutlich höher am Himmel. Jetzt ist aber Beeilung angesagt! Die Gedenkfeier hab ich mit Sicherheit verpasst. Aber mit etwas Glück kann ich noch den Schluss der Beerdigungszeremonie mitbekommen und sehen, wer alles da ist. Vielleicht ja auch unser Mörder?

Allerdings muss ich jetzt erstmal abchecken, wo ich eigentlich bin. Vorsichtig strecke ich mein Näschen aus dem Grün – hmm, niemand in unmittelbarer Nähe. Ich wage es, meinen Kopf soweit aus dem Gemüse zu strecken, bis ich freie Sicht habe.

Prima! Ich bin in die richtige Richtung gelaufen! Anscheinend haben mich meine Füßchen instinktiv (oder zufällig?) ins südliche Ende des Englischen Gartens geführt. Jetzt brauch ich nur noch diese herrliche, 375 Hektar große Grünanlage, die sich in einem langen schmalen Schlauch entlang der Isar im östlichen Teil Münchens von Süden nach Norden hinzieht, genau dorthin entlang zu laufen. Nämlich von Süden nach Norden.

Der Englische Garten heißt übrigens so, weil sein Begründer Friedrich Ludwig von Sckell die Gestaltungsweise englischer Landschaftsgärten zum Vorbild genommen hat. Der Englische Garten zählt inzwischen zu den größten (innerstädtischen!) Parkanlagen der Welt.

Tschuldigung, aber ich bin grad wieder soo stolz auf meine Lieblings-Heimat-Herzens-Stadt MÜNCHEN!

O.k. Ich hör ja schon auf …

Da der Englische Garten, wie gesagt, ziemlich groß und vor allem lang ist, müssen meine kleinen Füßchen einiges leisten, bis ich am Nordfriedhof ankomme. Diesmal nähere ich mich dem Friedhof quasi von hinten. Bin also von der Aussegnungshalle ziemlich weit entfernt.

Als ich derselben näherkomme, seh ich – gar nix. Jedenfalls keine Trauergesellschaft, die da im Gänsemarsch hinter einem Sarg hergeht. Fast verrenk ich mir den Hals beim Umherschauen. Aber ich glaub, diesmal hab ich Pech. Die Beerdigung von Frau Kern ist längst vorbei.

Wo ich schonmal hier bin, beschließ ich spontan, am Grab von Otto Epp vorbeizuschauen. Dem Opfer meines letzten – und ersten – Mordfalles. Gegenüber seiner ersten Leiche entwickelt man scheints eine gewisse Sentimentalität …

Als ich mich Epps letzter Ruhestätte nähere, sehe ich eine weibliche Gestalt, die reglos davorsteht. Sie hält eine ausladende weiße Blume in Händen. Jetzt bückt sie sich, nimmt drei verblühte gelbe Rosen aus der Vase auf dem waagerechten weißgrauen Stein, der auf dem Grab liegt und stellt die frische Blume hinein.

Neugierig wie ich nun mal „ab ovo" bin, will ich jetzt wissen, ob ich die Frau kenne. Ich husche also von Grabeinfassung zu Grabeinfassung und komme langsam näher heran an die geheimnisvolle Unbekannte. Endlich hab ich es bis zwei Grabstätten vor Epps geschafft und lure vorsichtig hinter dem Grabstein hervor.

Ich bin bass erstaunt, als ich Gudrun Epp erkenne, die Schwester des Verstorbenen. Denn sie hat ihre einstige farblose Alt-Mädchen-Tracht gegen elegante, weibliche

Klamotten vertauscht. Vielleicht haben ja der Tod von Otto und die Ereignisse danach wirklich einen positiven Neuanfang in den verstaubten Clan der drei Geschwister gebracht!

Freudig erregt schleiche ich mich außer Sichtweite von Gudrun und schlendere dann gemächlichen Schrittes zurück Richtung Ein- bzw. Ausgang des Friedhofs. Diesmal auf die „richtige" Seite zur Ungererstraße hin. Vor dort kann ich nämlich bequem die U6 nehmen. Bin dann daheim in sechs Stationen. Vom zu Fuß Gehen hab ich erstmal die Schnauze voll.

Nur noch drei Gräberreihen bin ich von der Aussegnungshalle entfernt, da weht mir das laue Lüftchen, das heute herrscht, ein gehauchtes „Mari..ne" ans Hochleistungsohr.

Wie angewurzelt bleib ich stehen. Vorsichtig heb ich den Kopf über die Randeinfassung des Grabes hinter dem ich geduckt entlanggelaufen bin. (Dass ich nicht quer über die Gräber latsche, dürfte wohl klar sein. Und nicht nur wegen Sichtschutz, sondern auch und vor allem wegen Respekt!)

Etwa zehn Gräber weiter steht eine Frau vor einem noch offenen Grab. Sieht recht frisch aus – das Grab. Die Frau weniger. Mein Interesse ist geweckt. Lautlos robbe ich näher. Die alte Frau kommt mir irgendwie bekannt vor.

Da fällt der Groschen.

Das war die, die mich in Mariannes Wohnung beinahe in flagranti ertappt hat. Diese Freundin und Nachbarin, diese … Erna! Ja, Erna. Die im PC von der Lisi erwähnt wird. Und die auch als Zeugin das Testament von der Marianne unterschrieben hat. Dann ist das da sicher Mariannes Grab.

Hab ichs doch noch gefunden! Vielleicht hör ich ja noch was Wichtiges!

Die Lauschlappen auf äußerste gespitzt, geh ich hinter einem niedrigen Busch in Deckung.

„… wollt i Dir nix Böses tun. I hob ja net gwusst, dass Du de vermaledeite Praline glei isst.

Aba, wer weiß. Vielleicht hot doch da HERR dem allem a End machen wollen …"

Den letzten Satz haucht Erna nur noch hin, so dass selbst ich ihn kaum verstehen kann. Was ich aber verstehe, ist, dass ich hier die Täterin vor mir habe!! So widersinnig es auch klingt, ohne jedes sichtbare Motiv. Ernas Worte waren ja praktisch ein Geständnis! Auch, wenn sie die Tat angeblich nicht mit Absicht begangen hat!

Himmel Arsch und Wolkenbruch!!!

Schon wieder haben mich meine – aber auch Lisis – Ermittlungen anscheinend in völlig falsche Richtungen geführt. Wie um alles in der Welt werden eigentlich jemals irgendwelche Morde aufgeklärt, so ohne Ratten.

Hmm??!!

Jetzt brauch ich Gewissheit. Ich muss den mysteriösen Bemerkungen von Erna auf den Grund gehen, koste es, was es wolle!

Etwa zwei Meter hinter der alten Frau steht eine große prall gefüllte Stofftasche auf der Erde. Erna ist ganz in die Betrachtung des Grabsteines versunken, hat die Hände gefaltet und betet jetzt vermutlich für Marianne.

Oder für sich, um Vergebung.

Jedenfalls nutzte ich diesen Umstand, um etwas komplett Bescheuertes zu tun.

"Banzai!" denkend, springe ich in die Tasche. Wie ein Geisteskranker wühle ich mich, drinnen angekommen, sofort nach unten. Ist gar nicht so einfach, weil da eine ganze Menge Zeugs reingestopft ist. Etwa in der Mitte der Tasche bleib ich mit laut klopfendem Herzen hocken. So laut dröhnt mir der eigene Puls im Ohr, dass ich Erna nicht kommen höre.

Plötzlich fliegt die Tasche mit mir drin in die Höhe. Ich komm mir kurz vor wie eine Wurfsendung. Dann landen wir zwei unsanft auf einer etwas erhöhten Plattform. Kurz darauf setzt ein ekliges rhythmisches Quietschen ein und ich werd in meinem Jumbobeutel durchgerüttelt. Ein Gefühl von Geschwindigkeit packt mich, und wir fliegen vorwärts.

25 Aus die Maus

Ich merke, wie die Tasche, in die ich mich geschmuggelt hab, zur Ruhe kommt. Endlich Schluss mit der ewig langen Schaukelei … Gott sei Dank geht Erna erstmal ein paar Schritte weg und kruscht mit irgendwelchen Papieren rum.

Diese Gelegenheit nutze ich, um mich durch einen Berg Klamotten und an einem Buch vorbei flink an die Oberfläche der Tasche zu schieben, kurz die Lage zu peilen (Erna steht mit dem Rücken zu mir) und dann schnell wie der Blitz die Eiger Nordwand der Taschenaußenseite runter zu pesen, die Speichen eines Fahrradreifens hinunterzurutschen – ach daher das Gewackel! – und in einem kleinen Stapel an der Wand aufgeschichteter Holzklötze zu verschwinden.

Uff, vorerst in Sicherheit!

Leider nicht für lange. Nach weiterem Papiergeraschel höre ich Erna genau auf mich zukommen. Ich drück mich so weit nach hinten, bis ich mit dem Po an die Holzwand stoße. Hier ist Ende der Fahnenstange. Durch die schmalen Lücken zwischen den Holzscheiten sehe ich Ernas Hand, die direkt zu mir herunter greift.

Sie hat mich entdeckt!!!

Schockstarr kann ich nur ihre Finger beobachten, die sich keine zehn Zentimeter vor meiner Schnauze um ein Stück Holz schließen und es wegnehmen. Dieser Vorgang wiederholt sich noch zweimal, während ich weiter dahocke, unfähig mich zu rühren und auf die zustoßenden Finger starre wie ein Kaninchen auf die Beißer der Schlange.

„Lasset alle Hoffnung fahren!", erschallt Bartls Stimme in meinem Hirn und mir fällt ausnahmsweise keine passende Antwort ein. Deshalb brauch ich eine ganze Weile, bis ich erkenne, dass: 1. Erna mich *nicht* entdeckt hat (wahrscheinlich ist sie altersweitsichtig) und 2. wir in einem Minihäuschen sind. Die Zimmertür ist auch die Haustür, draußen direkt davor sehe ich durch das Fenster ein Stück Rasen und die Ecke einer Gartenbank, fünf Meter dahinter einen Zaun. *Da*hinter stehen, in einer Linie aufgereiht ähnliche kleine Häuschen mit ein bisserl Grün drum rum.

Hier gibt es echt viele Zäune!

Erna hat in eine Art kleiner verzierter Metalltonne, die mitten im Raum steht, ein Türchen geöffnet. Dort stopft sie jetzt jede Menge zerknülltes Papier und die Holzklötze rein, keine Ahnung, was das soll. Dann setzt sie sich direkt vor das Metalldingens in einen alten hölzernen Schaukelstuhl und setzt sich eine Brille auf.

Als ich meine Glieder wieder bewegen kann wippt Erna leicht vor und zurück. Dabei entsteht ein leises Geräusch zwischen Knarzen und Quietschen, das meinem bereits angeknacksten Nervenkostüm nicht wirklich guttut. Jetzt seh ich, dass Erna in dem Buch liest, das zuvor mit mir in der Monster-Tasche gereist ist.

Momentmal - jetzt erkenn ich es!

Das ist das schwarze flache Ding, das Erna damals aus Mariannes Wohnung mitgenommen hat!

Immer wieder schüttelt Erna langsam den Kopf.

Dann stößt sie einen resignierten Seufzer aus:

„Mein Gott, Mariandl …".

Dabei schaut sie intensiv in ihre Lektüre und schüttelt wieder den Kopf, diesmal heftiger. Sie hat es nur geflüstert, aber ich habs so deutlich gehört, als hätte sie ein Megafon benutzt, weil – ja, schon gut, alle zusammen im Chor:

„Ich bin eine Ratte!"

Spätestens jetzt wird mir klar, dass ich meine Deckung verlassen muss, wenn ich irgendwie weiterkommen will. Ich *muss* einen Blick in dieses Buch werfen. Nur, wie stell ich das an, ohne dass Erna mich sieht und unser gemeinsamer Ausflug in einem gemeinsamen Schreikrampf endet?

Hmm, der hölzerne Schaukelstuhl hat schon eine *sehr* hohe Lehne. Die endet ein gutes Stück oberhalb vom Kopf der alten Frau. Und die vielen Holzstreben, aus denen der Stuhl zusammengesetzt ist, versprechen eine einfache Kletterpartie.

Gedacht-getan! Praktisch lautlos schaffe ich den Aufsprung auf eine Kufe ohne als Rattenragout zu enden. In „no time at all", wie der Engländer sagt, throne ich hinter und über Ernas Haupt und versuche gleichzeitig bei dem Geschaukel nicht runterzufallen und das Gekrakel zu entziffern, das sich auf den Buchseiten befindet. Der Text ist nämlich in Handschrift verfasst – na toll! Als ob das Herumgewippe allein nicht ausreichen würde. Gott sei Dank bin ich nicht seekrank, das hab schon auf der Überfahrt nach England damals festgestellt!

Mir fällt sofort auf, dass es Mariannes Handschrift ist. Mariannes überdeutliche aus Druckbuchstaben bestehende Schrift, dieselbe wie auf ihren Notizzetteln im Nachtkastl. Und so kann ich schon nach kurzer Eingewöhnungsphase entziffern, was da steht.

Sehr schnell versteh ich dann auch, warum Erna geseufzt hat, warum sie weiter wie abwesend auf die Seite hinab starrt, warum sie fortwährend den Kopf schüttelt. Ich kann es nicht fassen. Ungläubig lese auch ich wieder und immer wieder diese Zeilen. Zeilen, in denen Marianne beschreibt, wie sie jemanden getötet hat:

„3. März 2009. Der HERR hat mich wieder gerufen. Es kann einfach kein Zufall sein, dass ich heute auf dem Heimweg von meiner derzeitigen Krankenpflegestelle in einem Giesinger Supermarkt den Hornbach wiedergesehen hab. Fett ist der geworden, der teuflische Sünder – mich hat er nicht wiedererkannt, dafür hat GOTT gesorgt! Ich aber hab nichts vergessen:

Sommer und Herbst vor zwei Jahren, als ich die wegen Oberschenkelhalsbruch operierte Frau Knese aus unserer Kirchengemeine monatelang im Haushalt unterstützt hab. Die Bäckerei Hornbach, wo ich in jeder Früh die Semmeln eingekauft hab. Der Hornbach hat seine Frau vor der Kundschaft immer so von oben herab behandelt – man hat gesehen, dass es ihm Vergnügen bereitet. Und mit jeder jungen Frau hat er schamlos geflirtet, ganz offen und vor seiner Frau!

Doch nicht genug damit, habe ich ihn draußen vor der Bäckerei einmal mit Einer telefonieren gehört, mit dem Luder hat er todsicher ein Verhältnis gehabt! **Dieser Ehebrecher!!!** Eine Woche später stand Frau Hornbach dann nur noch allein im Laden. Ich habe die anderen Frauen reden hören, wenn sie nach ihrem Einkauf an der Ampel gestanden sind: Abgehauen ist er, der vermaledeite Sünder! Und hat die arme Frau mit einem Berg Schulden sitzen lassen. Schließlich musste sie die Bäckerei verkaufen!! Und wie ich ein halbes Jahr später nach der Kirche zwei der alten Hornbach-Kundinnen sehe – wieder so ein „Zufall", die Wege des HERRN sind wunderbar! – da höre ich, dass Frau Hornbach nicht mehr lebt, sie hat sich **umgebracht**!!!!

Da wusste ich: Der Hornbach war ein Ehebrecher und ein MÖRDER und GOTT hat mich ausersehen, ihn zu RICHTEN !!!!

Ich habe ihn also gestern Abend wiedergesehen, beim Einkaufen. Aus dem Geschäft bin ich ihm dann nachgegangen. Er hatte seine Wohnung ganz in der Nähe. GOTT (!) sei Dank war es schon dunkel und die Wohnung lag im Erdgeschoß ... So habe ich sehen können, wie der Hornbach am Küchenbankerl saß, selbstgerecht in den Fernseher geglotzt und gesoffen hat. Einen Marillenlikör – die Marke hab ich sofort erkannt. Ein Stamperl nach dem anderen hat er sich einverleibt, maßlos wie in seinen Frauengeschichten, ein triebgesteuerter Mensch, ein halbes Tier!! Dass seine arme Frau tot war — durch seine Schuld!!! — hat ihn gar nicht gestört …

Es hat nicht lange gedauert und die Flasche war leer. Das war mein Stichwort! Ich bin gleich zurückgegangen zu dem Supermarkt und habe nach einer Flasche Marillenlikör derselben Marke gesucht. Es standen noch zwei Flaschen im Regal, eine davon hab ich gekauft. Falls er morgen die zweite kaufen würde, wäre das ein eindeutiges Zeichen, dass ich GOTTES WILLE erfülle!

Daheim habe ich dann aus meinem Arzneienschrank von dem starken Schlafmittel genommen, das ich noch von meiner Arbeit im Krankenhaus übrig hatte und das schon ein paar Mal, vor ein paar Jahren, seinen Zweck erfüllt hat … Es schmeckt nur leicht bitter, wird also von der Süße im Likör verdeckt.

Mit meiner dünnsten Kanüle hab ich das Barbiturat durch den metallenen Schraubverschluss ins Innere der Flasche injiziert und diese kräftig geschüttelt. Heut früh hab ich unauffällig ab 7 Uhr vor der Wohnung des Verderbten gewartet. Wer achtet schon auf eine alte Frau, die auf einer Bank sitzt und Tauben füttert ...

Erst gegen 11 Uhr ist der Haderlump aus dem Haus gekommen – und direkt zum Supermarkt gegangen. Und tatsächlich hat er die letzte Flasche aus dem Regal genommen, die, die ich gestern zurückgelassen hab! Mehr hats für mich nicht gebraucht – ich danke Dir, mein HERR für Deine unverkennbaren Zeichen!!

Es war ein Leichtes, die Flasche in seinem Einkaufskorb mit meiner zu vertauschen, als er den Korb einmal kurz abgestellt hat. Dann bin ich zur Kasse gegangen, hab meine Einkäufe bezahlt und das Geschäft und das Stadtviertel verlassen.

Meine Mission war erfüllt!!!"

Jetzt war es an GOTT zu entscheiden, ob Hornbach das starke Schlafmittel einfach nur verschläft oder –

Ein paar Tage später hab ich es dann in der Zeitung gelesen:

„Schlafmittel im Schnaps – tot." Da wusste ich es:

Der HERR hat ihn gerichtet!!!!!"

Was ich da grad gelesen hab, erschüttert mich bis ins Mark. Mir steht das Schnäuzchen offen.

Ich bin total durch den Wind.

195

Ich hab nach der Mörderin eines Opfers gesucht und das Opfer hat sich als Mörderin entpuppt!

Und zwar als vermutlich mehrfache Mörderin – wie sich aus dem Geschriebenen entnehmen lässt.

Jetzt fällt mir auch endlich ein, was mich die ganze Zeit an dem dicken Mann von der Fußgängerzone als Mörder gestört hat. Wenn er Marianne die vergiftete Praline gegeben hat, kurz bevor sie in die Wittelsbacher Gruft gegangen und dort gestorben ist: Woher kam dann der Geruch nach Alkohol, Schoko und Gift, den ich in ihrer Wohnung erschnüffelt hab!?

Es scheint also so, als ob die Marianne dem Dicken die Praline gegeben hat und nicht umgekehrt.

Aber hätte sie ihm dann nicht die *vergiftete* Praline gegeben? Weil, es ist ja inzwischen klar, dass es *zwei* Pralinen gegebn hat: eine blaue und eine rosane – des rosa Papierl hab ich ja in der Gruft in der Handtasche von der Marianne entdeckt. Und offensichtlich war nur *diese eine rosane* vergiftet. Schließlich ist der Dicke nach dem süßen Häppchen noch putzmunter weggegangen und auch bisher noch nicht als Leiche aufgetaucht.

Hat Marianne es sich kurz vor ihrem neuen Mord doch noch anders überlegt, die vergiftete Praline selber gegessn und sich damit aus Schuldgefühl selbst gerichtet?

Oder hat sie die Pralinen verwechselt und des Ganze war doch ein Unfall. Kann man ein blaues und ein rosanes Einwickelpapier wirklich verwechseln?

Man sagt ja, in der Nacht sind alle Katzen grau …

Hmmm.

Mit einem vehementen Schwung neigt sich der Schaukelstuhl, auf dessen Lehne ich immer noch hocke, plötzlich weit nach vorn und Erna steht auf. Der Stuhl wippt schlagartig zurück – und ich mit ihm. Bei der nächsten Vorwärtsbewegung bin ich nicht mehr dabei. Es hat mich nach hinten weg katapultiert. Meine Flugbahn beschreibt zunächst eine flache Kurve und neigt sich dann rasend schnell steil nach unten.

Das erwartete Krachen beim Aufschlagen auf den Holzboden bleibt aus, weil ich auf der Sitzfläche eines kleinen Sofas lande, in dem anscheinend ein paar aggressive Sprungfedern leben. Als ich mit Auf- und Abhopsen fertig bin, reihere ich mein Abendessen auf Ernas geblümte Überdecke.

Schaukelstuhl, Killer-Marie und das Trampolin waren für meinen Magen einfach zu viel.

Dass Erna mich immer noch nicht entdeckt hat, grenzt an ein Wunder. Vielleicht hört sie ja schlecht, oder sie ist einfach so mit ihren inneren Bildern beschäftigt, dass sie kaum etwas anderes wahrnimmt – ich kann es ihr nachfühlen.

Schamesröte kriecht mir unter dem Fell ins Gesicht, schließlich bin ich kein Nestbeschmutzer! Da ich die Sauerei jetzt aber auf die Schnelle nicht beseitigen kann, beziehe ich Posten hinter einem der Kissen.

Und sehe gerade noch Mariannes Buch zusammen mit Ernas Hand in der Metalltonne verschwinden. Was tut sie da? Will Erna das Buch hier verstecken? Will sie es geheim halten? Aber, aber … das ist doch das *Geständnisbuch!!!*

Der einzige Beweis, dass Marianne gar nicht ermordet worden ist und das Motiv für ihren Freitod!

Ich muss das Buch da rausholen, ich muss es Lisi bringen!

Womöglich wird sonst noch ein Unschuldiger verhaftet!! Freilich weiß ich noch nicht, wie ich das bewerkstelligen soll. Vielleicht könnte ich ja erstmal die eine Seite heraus nagen. Und für Lisi aufschreiben, wer den Rest versteckt hat.

Ich nutze die Gelegenheit, als Erna in einer Schublade kramt und irgendetwas nicht zu finden scheint. Lautlos husche ich über den Boden, klettere an den Verzierungen des runden Metallkastens hoch und schlüpfe durch die kleine Tür. Drinnen falle ich ein kurzes Stück, grabe mich zwischen den Papierknäueln nach unten, dann lande ich auf dem Buchrücken. Unseren Rattenaugen sei Dank kann ich ja wie gesagt fast im Dunklen sehen und es gelingt mir, die bewusste Seite zu finden. Ist nicht wirklich schwer, weil das Buch immer noch an dieser Stelle aufgeschlagen ist.

Gerade will ich mit meinen spitzen Vorderzähnchen die Seite nahe am Falz perforieren, da geschehen drei Dinge auf einmal:

1. Ein greller Blitz macht mich fast blind;

2. Ein beißender Geruch verätzt mir beinahe die Nasenschleimhaut und

3. Es ist plötzlich so heiß wie im Hochsommer neben einem aktiven Gartengrill.

Dann sehe ich eine gelbe Flamme an meinem heißgeliebten Bauchfell züngeln. Ich will mich gerade darüber wundern, dass das nicht weh tut, als mich der Schmerz mit der Wucht eines Vorschlaghammers trifft. Abrupt bleibt mir die Luft weg.

„HILFE! ICH WILL NICHT VERBRENNEN! HILFE!!", schrei ich.

Niemand kann mich hören!

Es ist ohnehin zu spät.

Ich werd hier jämmerlich verrecken, zu einem Häufchen Asche verkohlen.

„H I I L F E E E ! ! !",

schrei ich ein letztes Mal mit meiner ganzen Kraft, dann wird der Schmerz unerträglich und das lodernde Inferno um mich herum löst sich in schwarze Punkte auf, die sich rasend schnell ausdehnen, zusammenfließen und dann …

26 Maus im Eimer

Zögerlich mach ich die Augen auf. Gleißend helles Licht scheint, doch seltsamerweise blendet es mich nicht. Vielmehr wirkt es hypnotisch anziehend und ich schaue mitten hinein. Jetzt fühle ich mich auf einmal leicht, so als würde ich schweben. Leicht und – glücklich. Ja, glücklich.

Ich weiß, dass ich alles gegeben hab und etwas Besseres kann man am Ende seines Lebens nicht von sich sagen.

Zwar konnte ich mit Sven nicht mehr das Band halten. Aber ich habe ihn gefunden, die Liebe meines Lebens und wir hatten eine wundervolle Zeit miteinander. Na, und bekanntlich soll man ja gehen, wenn es am schönsten ist …

Jetzt nimmt das weiße Licht eine Art ätherischer Gestalt an, wabernd, aber doch mit der Zeit erkennbar:

Es ist eine Ratte. Ein riesengroße, wunderschöne weiße Ratte mit einem gütigen Lächeln um die Schnauze und sie schwebt auf mich zu.

Sollte es doch so ein übergeordnetes Wesen geben, wie die Religionsgläubigen meinen?

Dann spricht das Wesen zu mir:

„Des war fei kurz vor knapp, mei liabe Ratz!"

Ich hör die Stimme wie durch Watte gedämpft an mein Ohr dringen und kann sie nicht einordnen. Hört sich irgendwie komisch an.

Spricht Gott bayrisch? Und weiblich? Und mensch?

Plötzlich schrecke ich aus der Waagrechten hoch. Keine fünfzehn Zentimeter vor meiner Schnauze hat sich ein riesiges rundes Etwas manifestiert, das ich nur deshalb als menschliches Auge erkenne, weil ich in letzter Zeit wieder so viel mit Euch zu schaffen hatte.

War wohl noch nix mit meinem Abgang.

Allerdings seh ich das Riesenauge, trotz mehrfachen Blinzelns, total verschwommen.

Ich hab einen Teil meines Sehvermögens eingebüßt!

Meine Sinneswahrnehmung ist bleibend getrübt!!

Jetzt bin ich als freilebender Großstadtkleinsäuger überlebenstechnisch im Eimer!!!

Bevor die Panikwelle mal wieder über meinem Kopf zusammenschlagen kann, spricht das Etwas weiter:

„Wennst net so laut gepfiffen hättst, hätt i Dich gar net gsehn und dann wärst elendiglich abgefacklt! Eigntlich mog i Euch Ratzn ja gar net – aba ma kann doch koa Kreatur einfach so sterbn lassn, die unsa Herrgott erschaffn hat. Und auf *die* greislige Art scho glei überhaupt net.“

Jetzt schließt mein Gehirn zum Gehörten und (verschwommen) Gesehenen auf und ich erinnere mich. Das Häuschen – Erna – die Metalltonne – der schreckliche Geruch – das Feuer – *mein Bauchfell!!!!*

Im Tempo einer narkotisierten Schnecke wandert mein Blick von der Horizontalen abwärts. Schritt für Schritt senken sich meine Augen in Richtung auf mein Bäuchlein zu. Als sie dort angekommen sind, fall ich beinahe wieder in Ohnmacht.

Mein ehemals silbrig-weißes, herrlich flauschiges Bauchfell ist an einer großen kreisrunden Stelle in der Mitte schwarz verkohlt. Die paar Härchen, die übrig geblieben sind, kräuseln sich wie im Afrolook der 60er Jahre – nur deutlich gelichtet. Eine Landschaft aus spiralförmig verkrüppelten Bäumchen nach einem Waldbrand. Bei diesem Anblick stellt sich auch gleich der Schmerz wieder ein: herzlich willkommen.

Entsetzt taumle ich rückwärts, als könnte ich auf diese Weise mein entstelltes Fell loswerden. Dabei stoße ich mit meinem Hinterteil an ein kaltes glattes Hindernis. Ich dreh mich um und erkenne Glas.

Ich zähle eins und eins zusammen: verzerrte Sicht auf Menschenauge, klare Sicht auf ruiniertes Bauchfell, glatte, milchig-durchsichtige Wand rings um mich herum.

Sitze ich da etwa in einem – *Einmachglas?!*

Ich blicke nach oben auf eine ebene metallene Fläche mit Löchern drin, außerdem steigt mir ein ganz schwacher Geruch nach Birnen ins Präzisionsnäschen – Bingo!

Die gute Nachricht ist, meine Sicht ist so gut wie eh und je. Die schlechte, dass ich gerade genug Platz habe, mich umzudrehen und Erna praktisch *alles* mit mir machen kann.

Sie kann mich in einen Fluss werfen oder in eine Mülltonne. Dass sie mir vorerst das Leben gerettet hat, beruhigt mich nur wenig. Weil Ihr Menschen, naja, doch öfter mal Eure Meinung, äh, ändert.

Tut mir leid, aber mein Vertrauen hält sich grad in engen Grenzen! Daran ändern auch die Löcher nix, die Erna zwecks Frischluftzufuhr in den Deckel meines Gefängnisses gestanzt hat. Außerdem ist die Angst vorm Ausgeliefertsein und Angeglotztwerden bei uns Ratten praktisch eingebaut.

Ich bin also eingesperrt, entstellt und höchstwahrscheinlich entlobt, denn auch zu *dieser* Bandhalteprobe werde ich nicht pünktlich erscheinen. Und wenn Sven mich auch noch in meinem jetzigen Zustand sieht, ist sowieso alles aus.

Mein Leben geht grad komplett den Bach runter!!

Frustriert wie ich bin, interessiert es mich kaum, dass Erna mich jetzt wie ein Glas Rattenmarmelade hochhebt und in die große Tasche steckt, mit der ich schon angereist bin.

Wir sind, so scheints mir, eine Ewigkeit unterwegs. Linksrum, rechtsrum, geradeaus, stopp, go. Wohin die Reise geht – keine Ahnung. Erna hat auf mein Einmachglas jede Menge Stoff gelegt: ein paar Geschirrtücher und – ja – eine Decke mit Blümchenmuster, ähh …

Jedenfalls weiß ich nur, dass wir wieder per Drahtesel reisen. Übrigens wieder ein Tier, das Ihr da als liebevolles Synonym für „Fahrrad" verwendet und wieder mal keine Ratte! Dabei hätten wir auch tolle Eigenschaften, die sich prima als Kosenamen für nützliche Gegenstände oder Eigenschaften verwenden ließen.

Beispiel: Wir sind Füchsen oder Wieseln gegenüber weder intellektuell noch motorisch im Nachteil – *oh konträr!* Aber heißt es etwa „schlau wie eine Ratte", oder „flink wie eine Ratte"? Nein!

Das sollte Euch mal zu denken geben!!

Inzwischen hat Erna ihre wackelige und eher gemütliche Fahrt beendet und setzt unseren Weg per pedes fort. Meine Tasche baumelt an ihrem Arm, jedenfalls fühlt es sich so an. Weil ich nada sehe, versuche ich wenigstens geruchs- und hörtechnisch unseren gegenwärtigen Aufenthaltsort zu ermitteln.

Hmm, ich rieche Gras, nicht mehr ganz taufrische Blumen und höre bei jedem von Ernas Schritten ein Knirschen, das auf Schotter bzw. groben Sand hindeutet. Irgendwie kommt mir all das vage bekannt vor, ich komm aber jetzt nicht drauf, woher. Bin derzeit nicht in Höchstform!

Dann bleibt die alte Dame stehen und meine Tasche wird am Boden abgestellt.

„Grias di Mariandl", unterbricht Ernas Stimme meine Gedanken und einen schrägen Moment lang glaub ich, die Marianne Kern ist wiederauferstanden.

Als diese aber Gott sei Dank nicht antwortet, weiß ich schlagartig, wo wir sind. Und, dass Erna mit Mariannes Grab redet, oder mit ihrer lebhaften Erinnerung an die tote Freundin. Hab ich ja schon gestern mitbekommen. Oder wars erst heute? Das wär kaum zu glauben, nach all dem, was seither passiert ist.

„Jetz musst Dir keine Sorgn mehr machn. Keiner wird je erfahrn, dass Du drei Leut …, dass Du drei Leut zu unserm Herrn bracht hast. I hab Dei Tagebuch verbrannt. Is nur noch a Häuferl Asche. Und i werds keinem verratn, werd Dei Geheimnis einmal mit ins Grab nehmen. Jetz kann keiner mehr Dei Andenkn beschmutzn.

I weiß ja, dass Dus im Grunde gut gmeint hast. Hast gmeint, den Willen von unserm Herrgott zu erfülln. Aber Marianne – es war a großes Unrecht, dass Du Dich zum Richter aufgspielt hast über die drei Menschen, auch wenns noch solche Sünder warn.

Richten darf nur unser Herrgott.

Und jemand umzubringen is die größte Sünd von allen!

Deswegn hab i Dich aufhalten müssn, Mariandl, bittschön sei mir net bös. Wer weiß, wieviel Leut Du sonst noch ins Jenseits befördert hättst. Aber anzeigt hätt i Dich nie. Du wärst öffntlich an Pranger gestellt wordn in die Zeitungen – des hätt i Dir und Deim Kurt, der vom Himmi aus zuagschaut hätt, nie antan."

Erna schweigt jetzt eine ganze Weile. Mir hat sich während ihres Vortrags das Rückenfell aufgestellt. *Drei* Menschen hat die Marianne umbracht und keiner hat was gmerkt. Wahrscheinlich, weil sie die alle nur ganz oberflächlich oder vielleicht auch nur aus der Ferne gekannt hat, genauso wie den Bäckermeister aus ihrem „Tagebuch".

Schon krass! Ja und die Erna – die hat ja wohl dann die Marianne gekillt, oder wie soll man das sonst verstehen, dass sie diese „aufgehalten" hat?!

Diese zwei Grazien versenken meinen Glauben an nette alte Damen mit einem Betonfuß im Bodensee!!!

„Weißt", setzt Erna ihren Mono-Dialog jetzt fort, „als du neilich bei mir warst und so komische Bemerkunga gmacht hast über den Dicken, dem Du immer an da Münchner Tafel sei Gemüse gebn hast und der ständig die kleinen Bubn antatscht, da is bei mir da Groschn gfalln. Du hast gsagt, dass bald Schluss sei wird damit – so wia bei einem gewissn Bäcker vor a paar Jahr. Und dabei hast mit der blauen von dene zwei Pralinen aufm Tisch vor meiner Nasn rumgewedelt und mi so komisch angrinst.

Da is ma plötzlich eingfalln, dass i bei Dir vor Kurzm no a oide Packung Babiturate gsehn hab, mit no einer letztn Tablettn drin. Die, diest früher immer gnommen hast, wennst net hast schlafn können. Und i hab mi erinnert an die Zeitungsmeldungen von dem Bäcker, bei dem du früher einkauft hast und denst so gehasst hast. Der durch Schlafmittel in seim Schnaps gstorbn is. Des is ja nie aufklärt wordn. Da hab i eins und eins zamzählt und gwust, was du vorhast.

Verzeih ma bitte, Mariandl. Du musst ma glaubn, dass i des net mit Absicht do hob. I hab einfach koa Zeit ghabt zum Nachdenkn. Als mir klar gwordn is, dass du den dickn Mann umbringa wolltst mit dera blaua Praline, do hab i einfach die Papierl vertauscht als Du auf da Toilettn warst. Des rosane mit dem blaua.

I hätt dann am nächstn Tag die rosa Praline ganz verschwindn lassn. Und a ernsts Wort hätt i mit Dir gredt! Aber an dem letztn Abend warst einfach net ansprechbar. Und bist sofort losgrennt in Dei Wittelsbacher Gruft."

„Ja und dann",

setzt Erna nach einer weiteren Pause fast flüsternd hinzu,

„dann bist in die Grubn hinein gfalln, diest dem andern grabn hast."

Wieder folgt eine lange Stille, während der Erna und ich, jeder für sich, unseren Gedanken nachhängen. Ich jedenfalls bin wie gelähmt. Erna hat das Tagebuch vernichtet, den einzigen Beweis dafür, dass Marianne Kern eine Mörderin war. Eine *drei*fache Mörderin, ich fass es immer noch nicht.

Fast noch schlimmer aber ist die Erkenntnis, dass die Erna die von Marianne für ihr nächstes Opfer bestimmte Giftpraline vertauscht und dadurch Mariannes Tod herbeigeführt hat. Wenn auch nicht absichtlich.

Ist Erna jetzt ebenfalls eine Mörderin, vielleicht unbewusst?

Hat sie nicht mindestens „grob fahrlässig" den Tod ihrer Freundin in Kauf genommen?

Oder war sie beim Vertauschen der Pralinen Einwickelpapiere im Schock wegen Mariannes früherer Taten und deswegen irgendwie „unzurechnungsfähig"?

Oder ist sie vielmehr ein schützender Engel, der den Tod eines, womöglich mehrerer weiterer Menschen verhindert hat?

Ist ein Mensch wie der dicke Kerl, der Kinder angrabscht, überhaupt so einen Schutz wert? Wer darf darüber urteilen?

Kann ein und dieselbe Person gleichzeitig *beides* sein – ein Mörder und ein Schutzengel?

Mir platzt jetzt gleich der Kopf. Ich schüttle ihn und meinen ganzen Körper heftig und lang, so gut es im Schraubglas geht. Das befreit mich schlagartig von dem Druck in meinem Hirn.

Tja, das haben wir Tiere, glaub ich, Euch Menschen voraus. Wenns zu kompliziert wird, schalten wir ab, anstatt uns noch tiefer zu verbohren. Und wenden uns wieder den positiven Seiten des Lebens zu.

Fest steht nämlich, dass ich heute das Rätsel um Marianne Kerns Tod gelöst hab!

Freilich ohne Beweis, den ich der Lisi vorlegen könnt. Hah, um Lisi irgendetwas vorzulegen, muss ich erstmal aus diesem Marmeladepott hier rauskommen!

Plötzlich werden die Klamotten über mir weggenommen und es wird blendend hell. Reflexartig kneif ich die Äuglein zusammen. Erna packt mein Glasgefängnis und hält es sich wieder dicht vors Gesicht, wodurch ich diesmal ihren nicht eben zierlichen Riechkolben aus beängstigender Nähe betrachten kann.

Spontan muss ich an die Hexe aus Hänsel und Gretel denken. Jetzt weiß ich, warum Menscheneltern ihren Kindern das Lesen von Horrorgeschichten verbieten. Wenn ich jemals wieder heil heimkomme, werd ich *nie* mehr einen Thriller auf dem iPad anschauen – mindestens vier Wochen lang!

„Tut ma leid, Ratz, aber i möcht net, dassd mi beißt. Und i kann di ja schlecht mit heim nehma", sagt die alte Frau, reißt den Blechdeckel vom Einmachglas und holt schwungvoll aus.

Ich roll mich instinktiv zusammen und spann alle Muskeln an in Erwartung eines Aufschlags, z.B. auf einen großen Stein. Stattdessen flieg ich plötzlich aus dem Glas raus und segle durch die Luft. Ewigkeiten später lande ich sanft in einem riesigen Grashaufen, den wohl der Friedhofsgärtner hinterlassen hat.

Dort drin, umgeben von herrlich weichem, duftendem Grün, will ich den Rest meines Lebens verbringen. Es ist so schön ruhig hier, so schön friedlich …

Erst jetzt merk ich, wie sehr mir die vergangenen Ereignisse zugesetzt haben. Ich muss mich hier erstmal erholen von den erlittenen Schrecken. So mümmle ich ein paar der Gräser und Kräuter. Dafür muss ich erfreulicherweise nur den Kopf nach links oder rechts drehen.

Köstlich!!

Nach gefühlten Stunden selbstvergessenen Kauens döse ich ein.

Als ich wieder aufwache, hat es längst angefangen zu dämmern und kein Mensch ist mehr unterwegs. Das ist mir sehr recht. Schließlich bin ich immer noch ziemlich angeschlagen und mein Bauchfell tut mir weh an der versengten Stelle.

Trotzdem schaffe ich es in die U6, die mich fast zurück vor unsere „Haustür" bringt.

27 Die Maus im Frauen Haus

Zurück im Bau will ich nix weiter, als eng an Svenes Warmpelz geschmiegt in Ohnmacht fallen und erst in 24 Stunden wieder zu Bewusstsein kommen.

Da rammt mich etwas Weißes von der Seite und reißt mich zu Boden.

„Maxi! Du bist ein Held!", brüllt es mir mit der Stimme von Sirkit ins Ohr.

„*1000 … 1000 … 1000 Dank*, dass Du meinen leichtsinnigen Junior vor dem Kater gerettet hast!!!"

Zwischen den Tausendern bedeckt Sirkit meinen Körper mit begeisterten Nasenstübern. Auweia – das ist mir in meiner gegenwärtigen Verfassung einfach zu viel. Außerdem gibt das blaue Flecke unterm Fell.

Sanft aber bestimmt halte ich meine ungestüme Freundin an den Schultern fest und schiebe das Leichtgewicht von mir runter.

„Ich hab das gar nicht so bewusst … Weiß gar nicht, wie das eigentlich passiert …", stottere ich.

Sirkit, die mittlerweile, Gott sei Dank, wieder auf ihren vier Pfoten neben mir steht, schaut mich mit skeptisch-ironischem Blick an.

„Maxi, hör auf zu stammeln. Du hast meinem Kind das Leben gerettet und da will ich keine Tiefstapelei hören. Du hast was gut bei mir! Ich hab immer gewusst, dass Du ein toller Freund bist. Aber das schlägt sämtliche Rekorde!

Das Beste daran ist, dass „Bruder Leichtsinn", wie mein Mann und ich Mütze heimlich nennen, einen sehr heilsamen Schock erlitten hat. Er denkt momentan sogar über mögliche Folgen nach, bevor er handelt. Eine Weltneuheit!

Plötzlich werden Sirkits Augen tellergroß und sie stößt einen spitzen Schrei aus.

Sie starrt auf meinen Bauch.

Eh ich michs verseh, verfrachtet sie mich in Richtung Schlafkammer 3 und ich liege an einer geschützten Stelle am Rand auf der Seite mit einem kleinen Herbarium aus gemahlenen Heilkräutern auf dem Bauch. Sven ist da und hat sich hinter mich gekuschelt, die erneut versäumte Bandhalteübung ist vergessen. Allerdings entfährt meinem Zukünftigen ein Seufzer der Erleichterung, als er hört, dass der Fall Marianne Kern abgeschlossen ist ...

Der halbe Clan taucht auf und bringt mir etwas zum Naschen oder ein Hausmittel der Urgroßmutter und will natürlich wissen, was passiert ist. Aber Sirkit lässt sie nur ihre Gaben ablegen und scheucht schließlich alle weg:

„So das wars, Kollegen! Der Maxi braucht jetzt dringend Ruhe! Für Erklärungen ist morgen noch Zeit!"

Nach einem letzten dankbaren Blick in Richtung meiner besten Freundin gleite ich glücklich ins Reich der Träume.

Seltsamerweise fühl ich mich jetzt, 17 Stunden später, schon wieder viel besser. Mein Bauchfell fängt bereits an, nachzuwachsen – wir Ratten heilen schnell. Müssen wir auch, wenn wir im urbanen Dschungel überleben wollen.

Nach dem tiefsten Schlaf seit Wochen, einem Kuschelmarathon mit Sven, einem bomfotzionösen Frühstück, zahllosem Schulterklopfen, weil ich den Fall gelöst hab und ebenso häufigen Wiederholungen der ganzen Story meinerseits sowie einer durchaus erfolgreichen 4. Desi-Stunde, in der ich einen Schritt näher an der F-Sem… an der Flei… an der *Fleisch-pflan-zerl-sem-mel* (uff!) dran war und satte 20 Minuten standgehalten hab, kann ich es nicht länger aufschieben:

Ich muss zu Bartl.

Bevor der irgendwelche wilden Gerüchte über Marianne Kerns Tod hört. In unserer tollen Münchner Rattenge-meinschaft verbreiten sich nämlich nicht nur ernsthafte Neuigkeiten in Windeseile, sondern auch Klatsch und Tratsch.

Apropos Rattengemeinschaft. Vor etwa einer Stunde hat mir Marktschreier das Ergebnis der Großfahndung mitge-teilt, die ich bei den Rattenclans in Auftrag gegeben hab. Bingo! Die vom Clan Paläontologisches Museum Dinos haben den Dicken aufgespürt. Samt Namen und Adresse. Freilich hab ich gleich richtiggestellt, dass er nun doch nicht der Mörder ist.

Aber der fiese Typ wird trotzdem nicht ungeschoren davonkommen!

Ich lauf wieder auf dem unterirdischen Weg zur Frau-enkirche. Zur Krypta unseres Liebfrauendoms und Münchner Wahrzeichens brauch ich auf diese Weise nur ein paar Minuten. Als ich ankomm, wartet der Bartl schon auf mich. Das zeigt, wie wichtig ihm das Ganze ist. Dass er sogar auf seinen üblichen dramatischen Auftritt ver-zichtet, vermummt in seine Kapuze und stehend und ein-fach gruselig.

Gewöhnlich lässt er Dich warten bis Du Dich beinah entspannt hast – dann steht er plötzlich hinter Dir und quatscht Dich laut an, sodass Du fast einen Herzkaschperl kriegst.

Aber heut hat er die Kapuze zurückgeschlagn und schaut mir mit einem stummen Flehen im Blick in die Augen. Eigentlich wollt ich ihn ja erst ein bisserl schmoren lassen, als kleine Rache. Aber wie er so dasteht, verwundbar bis ins Mark, bring ichs nicht übers Herz.

„Also Bart... Bruder Bartholomäus, der Tod der alten Frau war ein, äh, Unfall. Sie hat versehentlich ein starkes Schlafmittel eingenommen und ist daran gestorben, weil sie schon alt und, äh, schwach war. Du musst Dir also keine Sorgen mehr machen", sag ich und hoffe, meine Pflicht hiermit erfüllt zu haben.

Bartl schaut mich jetzt mit dem an, was Ihr einen „feuchten Dackelblick" nennt. *Wir* nennen das einen „Rattensamtblick". Liegt vielleicht daran, dass Dackel, wie auch alle anderen Hunde, *uns* grundsätzlich mit einem narrischen Stieren betrachten. Glaubt mir, die Erfahrung möchtet Ihr nicht machen!

„Ach Maxi", stöhnt Bartl jetzt.

Seine übliche strenge Stimme klingt im Moment einfach nur müde.

„Mir fällt ein Stein vom Herzen. Nicht auszudenken, wenn die Tote einem Mord zum Opfer gefallen wäre. Oder, wenn sie sich selbst ... In einem *Gotteshaus* ..."

„Ich danke Dir, Maxi, auch im Namen des HERRN. Du hast eine wirklich gute Tat getan, Maxi. Das wird Dir gutgeschrieben werden, da bin ich mir sicher."

Da Bartl gerade dabei ist, zu seiner ursprünglichen, doch etwas dozierenden Form zurückzufinden, verabschiede ich mich mit einem „Jederzeit wieder", – und hoffe, dieser Fall möge niemals eintreten.

Außerdem hoffe ich, dass Bartl nie von Mariannes mehrfachen Morden erfährt. Aber ich glaub, da brauch ich mir keine großen Sorgen machen. Weil, er kümmert sich ja eigentlich normal nicht um „Angelegenheiten der gemeinen Rattenschaft", wie er sich auszudrücken pflegt.

Weltliche Dinge lassen ihn halt kalt.

28 Sherlock Mouse

Nach dem üblichen Kletterstress, an den ich mich inzwischen fast gewöhnt hab, sitz ich mittig vor Lisis Computer auf ihrem Schreibtisch, hab das Passwort eingegeben und lass kurz voller Tatendrang meine verschränkten Finger krachen.

Dann mach ich das Textverarbeitungsprogramm auf und klicke anschließend „Neu" und „Leeres Dokument" an. Hat mir der Luigi beigebracht. Der hat doch tatsächlich den iPad wieder aufgeladen. So ein Fuchs! Die Datei werd ich auf dem PC offenlassen, wenn ich hier verschwinde. Auf der Tastatur bin ich zehnmal schneller als per Hand. Außerdem ist meine Schreibschrift einfach grauenvoll!

Jetzt weiß ich gar nicht, wie ich anfangen soll. Wie schon beim letzten Fall wird mir klar, dass Lesen viel leichter ist als Schreiben. Da schleichen sich außerdem krasse Rechtschreibfehler ein! Aber das ist jetzt nicht die Zeit, um auf Peinlichkeiten Rücksicht zu nehmen.

Hauptsache, Lisi kapiert, was ich ihr sagen will.

Nachdem ich geschlagene fünf Minuten – Lisis Wecker hier auf dem Schreibtisch war so freundlich, mich diesbezüglich aufzuklären – auf die leere Seite gestarrt hab, sag ich mir, dass ich einfach *irgendwie* anfangen sollte. Ist ja egal, wie. Kann ich am Schluss immer noch ändern. Hauptsache, dass ich in den Flow komm!

Libe Frau Hauptkomisarin Moosgruber.
Darf ich si „Lisi" nennen? Das würd mich sehr froien!

Mein Gott, Maxi! Jetzt eier doch nicht so rum! Ein bisserl lockerer im Stil wär schon gut!

Ich hab rausgekrigt, wi Mariane Kern geschtorben is. Si hat eine vagiftete Schnapspralline gegessn, da war Babiturat drin – das wist ir ja schon. Aba, dass di Erna Brunner die Pralinen vertauscht hat, wisst ir nicht! Di Marianne war nämlich eine Fanatische, was ire Religion angeht und hat im Laufe der Jahre mehrere „böse“ Menschen mit dem Schlafmittel (mehr oder weniger) getötet. Zum Beispil den Bäcker Hornbach aus Gising, der seine Frau betrogn und verlassn hat und di sich dann selba getötet hat. Da is di Marianne imma Semeln kaufen gegangen, als si bei der am Obaschenkl opariaten Frau Knese von der Kirche aus Haushaltshilfe gemacht hat.

Marianne hat mit eina Sprize das Babiturat in eine Schnapsflasche getan und di dann im Supermarkt, wo der Hornbach eingekauft hat, mit seiner Schnapsflasche vertauscht. Weils „nur“ ein starkes Schlafmittel war und kein Gifft, hat Mariannes Meinung nach Gott entschiden, ob die Menschen geschtorben sin, oda nicht. Sin aber alle geschtorben. Das is alles in dem kleinen schwarzen Buch gestandn, das di Erna verbrant hat. Aba vorher hab ichs noch gelesen. Keine Beweise also.

Bitte Lisi, verstehn si des net falsch. Die Erna is keine böse. Di hat nur verhindern wolln, das di Marianne nochmal tötet. Das hatte di nämlich vor. Also hat di Erna des blaue Papir von der gifftigen Pralline gegn das rosane von der normalen ausgetauscht. Sodas dann halt di rosane Pralline vagifftet war. Später hätt di Erna di gifftige Pralline dann auch verschwindn lassn, aba dann war es schon zu spet: Di Marianne hat aus Vasehen di gifftige gegessen und di nicht gifftige dem Mann gegeben, den si abmurksen wollte. Di Erna hat des geant, als di Marianne nima zrückgekomen is an dem Abnd.

Deswegn hat si des Büchlein aus da Wohnung von da Marianne mitgenomen. Si wollt, das das Andenken an di Marianne net beschedigt wird.

Des weis ich ales, weil ich di Erna am Grab mit der Marianne hab redn hörn. Bitte tuts der Erna nix! Es war eher die Marianne di böse. Und es war ja wirklich ein Unfal, irgendwi. Beweise habts ja e keine, wie schon gesagt. Übrigens hab ich mitgekrigt, das des neue Opfer von der Marianne, des ja jetzt überlebt hat, ein dicker Mann ist, der imma an der Münchner Tafl Gemüse krigt.

Der tatscht kleine Jungs an!!

Meine Rattenkumpls haben rausgekrigt, das der Paul Hinterhuber heißt und in der Baumgartenstrase 227 hir in München wohnt.

Da solltets Ir mal was untanemen!!!

(Dem seine DNA-Spuren sind übrigens auf dem zusamengeknülltn blauen Prallinen-Papirl, das ich hir neben di Tastatur gelegt hab — nur, falls ir di brauchts).

Lisi, ich hab mich gefroit, das ich wida mal helfen konnte! Ich bewundre si ser und ich froi mich, das si jetzt mit dem Hern Obakomisar Cem zusammensind! Das hab ich mia gewünscht!

Hochachtungsvol

Ihr Maxi

Ich les den Text nochmal durch und bin ganz ergriffen. Mein erster richtiger Brief! Grade will ich einen vermeintlichen Rechtschreibfehler korrigieren, meine Vorderpfoten schweben bereits über der Tastatur, da seh ich im Augenwinkel eine Gestalt an der Tür stehn.

Ich erstarre mitten in der Bewegung.

„Bitte lauf net weg", ertönt eine Stimme, leise und ruhig.

„Ich versprech Dir bei meiner Ehre als Polizistin: Ich bleib hier, ich komm nicht näher, ich tu Dir nix, ich versuch nicht, Dich zu fangen – bitte lauf nicht weg."

Es ist Lisi.

„Ich geb zu, dass ich getrickst hab. Ich hab die Tür nicht ganz zugezogn, als ich abgesperrt hab. Und tagsüber extra die Angeln geölt. Tut mir leid, aber ... ich musste Dich mit meinen eigenen Augen sehn. Sonst wär immer ein Restzweifel geblieben.

Ich versteh nicht, wie das alles hier möglich ist, aber ich will Dir ganz arg danken für Deine unschätzbare Hilfe im Fall Otto Epp.

Du bist für mich die schlaueste und liebenswerteste Ratte der Welt."

Jetzt wird mir ganz warm ums Herz. Ich hab mich nicht in Lisi getäuscht. Sie ist ein feiner Charakter und eine superkluge Frau. Das alles würd ich ihr gern sagen. Dumm nur, dass sie es nicht verstehen würde. Weil, ich sprech halt nur ratt.

Außerdem hab ich grad ein typisches Kleintierproblem. Selbst wenn ich mir sicher bin, dass von Lisi keine Gefahr für mich ausgeht – alle meine Instinkte stehen weiter auf *tilt*. Wir wild lebenden Kleinsäuger bewundern Euch Menschen oft und schaun uns so manches von Euch ab, beobachten Euch, wann immer sich die Gelegenheit bietet.

Aber *heimlich*. *Unerkannt*. Aus einer *Deckung* heraus.

Sobald Ihr uns bewusst wahrnehmt, überfluten Stresshormone unseren Organismus und die Pfoten drängen den Körper zum galoppierenden Rückzug. Selbst wenn der das vielleicht grad gar nicht will.

Das passiert im Moment mit mir.

Deshalb ist es nur meiner eisernen, vermutlich durch Svens liebevoll (-sadistisch) inszenierte Desi-Stunden gestärkten Willenskraft zu verdanken, dass ich immer noch hier an Lisis PC hocke.

Und *laangsam* meine Ärmchen sinken lasse.

Und noch *laaangsamer* mein Köpfchen nach rechts zwinge, um sie direkt anzuschauen.

Meine Pumpe hat übrigens diesmal nicht auf Turbo geschaltet, sie schlägt überhaupt nicht mehr.

Jedenfalls kommts mir so vor.

Lisis ausdrucksvolle braun-grüne Augen blicken sanft in meine samtschwarzen. Ein zärtliches Lächeln umspielt ihre Lippen.

Immer noch in slow motion gleite ich rückwärts, dann strecke ich ein Ärmchen und einen Finger in Richtung auf den PC und meine darauf verfasste Nachricht.

Dann drehe ich mich um, immer noch gezwungen langsam. Es kann sein, dass meine Bewegungen dabei ein bisschen roboterhaft ruckeln:

GO! – STOPP … GO! – STOPP … GO! – STOPP usw.

In diesem seltsamen und irgendwie entwürdigenden Zuckelgang schaff ich es, die deckenhohe Zimmerpflanze hochzuklettern bis zu meinem Lüftungsschacht. Das dünne Sperrgitter vor der Öffnung hab ich klugerweise offengelassen.

Lisi hat sich hinter mir keinen Millimeter von der Stelle gerührt. Meine Lauscher sind dermaßen aufgesperrt und nach hinten verdreht, dass ich ihr Herz schlagen höre – extrem langsam für eine Ratte, die bei 450 Schlägen pro

Minute ihren Normalzustand feiert – aber schnell für einen Menschen. Sehr schnell sogar. Trotzdem kommt von Lisi sonst kein Mucks. Mir wird grad bewusst, dass ich nicht der einzige im Raum bin, der sich gehörig am Riemen reißt.

Gut so, Lisi! Denn wenn Du Dich auch nur ein klein bisschen bewegen würdest, könnt ich meine Weltmeisterschaft im 20 Kilometer Einzel Ratte-Rückzugssprint nicht mehr verhindern.

Sicher im Röhreneingang angekommen, dreh ich mich nochmal um. Plötzlich zeigt mein ausgestrecktes rechtes Vorderpfötchen wieder auf Lisis Bildschirm und ich nicke langsam bei extrem verspannter Nackenmuskulatur.

Hey! Anscheinend läuft hier nicht nur mein Fluchtinstinkt unwillkürlich ab, sondern auch mein „Ich-mag-Kontakt-zu-Lisi-haben"-Instinkt!

Wusst gar nicht, dass ich den auch hab.

Was mich zu einem kurzen, wenig schmeichelhaften gedanklichen Exkurs zum Thema „Freier Wille" veranlasst.

Anscheinend hat Lisi verstanden. Jetzt, da ich sicher in meinem Fluchtweg sitze, kann ich es tolerieren, dass sie *seeehr* vorsichtig in Richtung PC schleicht. Sie setzt sich, ebenfalls in Zeitlupe, auf ihren Bürostuhl und liest meinen Brief.

Trotz Muskelverkrampfung schwillt meine Brust vor Stolz gerade massiv an.

Mit dem Gesicht zum Bildschirm gewandt, sagt meine Hauptkommissarin:

„So war das also! Das erklärt alles. Ich habs schon geahnt, dass die Frau Brunner was mit dem Tod der Frau

Kern zu tun hatte. Andererseits hab ich sie mir nicht als Mörderin vorstellen können. Die Frau Kern allerdings auch nicht – aber die kann ich ja nicht persönlich.

So, ein schwarzes Buch also – ein Tagebuch vermutlich. Solche selbst ernannten Richter über Leben und Tod im Namen irgendeines Glaubens mögen es gerne, ihre zweifelhaften ‚Ruhmestaten' zu dokumentieren. Zu dumm, dass das Büchlein verbrannt ist.

Das hätt womöglich ein paar offene alte Fälle geklärt.

Na, vielleicht besser so. Die Kern ruht in Frieden und kann niemanden mehr umbringen. Ich werde die Akte morgen schließen. Tod durch Unfall.

Übermorgen allerdings werd ich der Erna Brunner noch einen kleinen Besuch abstatten – einen Termin hätt ich mit ihr eh noch ausgemacht.

Vielleicht hast Du ja Lust, nochmal Mäuschen zu spielen … Maxi?

Ich werd um 14 Uhr bei Erna Brunner in der Maxburgstraße 1a sein. Die Adresse kennst Du ja. Ich werd dafür sorgn, dass die Haus- und die Wohnungstür an Spalt offen stehn, damit Du rein- und auch wieder rauskannst, wann Du willst.

Lass mich Dir noch amal sagn, wie hilfreich Deine Ermittlungen für mich und uns sind. Ohne Dich und Deine Rattenkumpel – die Spusi hat damals viele *verschiedene* Rattenhaare an der Tatwaffe festgestellt – hättn wir den Epp-Fall nicht geklärt. Und im vorliegenden Fall hast auch wieder die Wahrheit herausgfundn.

Du bist wirklich eine Superratte. Und eine herzliche noch dazu. Wiest des mit dem Cem und mir gespürt hast, vielleicht sogar bevor wir des selber wusstn …

Wir werden übrigens am nächsten Samstag heiraten. Zu schad, dass ich Dich net einladn kann. Aba ich bring Dir a bisserl was vom Hochzeitskuchen mit und legs Dir am Pilzbrunnen hier vorm Haus neben den Baum.

Weißt scho, da wost neulich des gute Käse-Baguette gessn hast …

Ich hab recherchiert, dass Ihr Rattn Süßem kaum widerstehen könnts.

Ach ja, noch was zum Schluss."

Bei diesen Worten dreht sich Lisi gaaanz langsam zu mir um, wobei sie auf ihrem Bürostuhl sitzen bleibt und ihre Arme und Beine ruhig am Körper hält.

Sie schaut mir tief in die Augen.

„Wenn wir mal wieder einen Mord haben, bei dem wir net richtig weiterkommen oder uns die Hände gebundn sind … dürft ich Dich dann um Deine Hilfe bitten?"

Weil meine Muckis auch im Gesicht immer noch starr sind wie nach einer Botox-Injektion, verzerrt sich dasselbe bei meinem jetzt einsetzenden Lächeln zu einer irre grinsenden Fratze. Damit Lisi auch richtig versteht, heb ich deshalb meine rechte Pfote und reck den Daumen ihr entgegen und senkrecht nach oben.

Ich seh noch, wie sich ihre Mundwinkel heben, dann halt ichs nimmer aus.

Wie der Wind dreh ich mich um und rase das Rohr entlang in Richtung Freiheit.

Hinter mir hör ich Lisi noch rufen:

„Ich leg Dir dann an Zettel beim Pilzbrunnen untern Baum – musst halt ab und zu dort vorbeischaun!"

29 Maus in der Mangel

Ich wart jetzt schon eine gefühlte Ewigkeit in dem – Gott sei Dank! – für menschliche Augen fast stockdunklen Treppenhaus vor Ernas Wohnung. Zwischen den dicken senkrechten Streben des fast schwarzen Holzgeländers. Für das mein schockoladenbraunes Fell die ideale Tarnfarbe hat.

Als Ernas Türklingel plötzlich schrillt, hüpf ich mal wieder vor Schreck in die Höhe – und stelle fest, wie massiv sich die Querstreben eines so alten Treppengeländers doch anfühlen können …

Während ich mir noch den Kopf reibe, stapft jemand die Treppe hoch. Tatsächlich kann ich von oben Lisis Gestalt erkennen.

Prima! Jetzt hab ich mir zusätzlich zu den frisch erworbenen Kopfschmerzen auch noch den Hals verrenkt! Danke Lisi!

Allerdings hat meine Kommissarin daran gedacht, kein Licht im Treppenhaus zu machen, obwohl sie sich deshalb quasi blind hochtasten muss.

Ich verzeih ihr also.

Vor der Wohnungstür mit dem Schild „Brunner" angekommen, klopft Lisi nochmal an. Ernas Stimme fragt von drinnen, wer da ist. Nachdem Lisi ihren Namen und Rang angegeben und an die telefonisch getroffene Verabredung erinnert hat, geht die Tür auf.

Unglücklicherweise fällt Ernas Ganglicht als eine blendend helle breite Schneise in die wohlige Dunkelheit, genau auf den Abschnitt des Treppengeländers, wo ich mich versteckt hab.

Glücklicherweise wiederum wirft Lisis Körper seinen Schatten genau zwischen „meine" beiden Geländerpfosten.

Uff!! Glück muss die Ratte haben!

Nach Begrüßung plus Handshaking tritt Lisi ein. Die Tür schließt sich. Komplett.

Und jetzt?

Nach ein paar weiteren Minuten geht Ernas Wohnungstür auf einmal wie von Geisterhand einen Spalt auf. Lautlos (für Menschenohren!).

Ich zögere nicht lang und schlüpfe hinein.

„Frau Moosgruber! Die Toilette ist auf der anderen Seite!", dringt Ernas Stimme aus einem Raum weiter hinten.

Lisi entschuldigt sich für ihre so spät abends angeblich stark nachlassende Konzentration! Als ob es mein Lisi-Mädel nicht zu jeder Tages- und Nachtzeit mit der gesamten Münchner Verbrecherwelt aufnehmen könnte!

Ich tauch unter die nächste Kommode ab.

Maxi, lauschender Ermittler im Auftrag!

Supercool!

Nachdem Erna Lisi in der Küche einen Tee aufgebrüht und kredenzt hat, kommt meine Polizistin zur Sache.

„Frau Brunner, wie ich ja schon am Telefon gesagt habe, bin ich heute als Privatperson hier. Ich möchte noch ein paar offene Fragen klären, für mich persönlich. Der Fall Marianne Kern ist offiziell abgeschlossen. Ihr Tod war ein Unfall."

Erna stößt jetzt einen kleinen Seufzer aus. So leise, dass ich bezweifle, ob Lisi ihn gehört hat.

Ohne Vorwarnung geht die Hauptkommissarin zum Angriff über.

„Wussten Sie, dass Frau Kern vor ca. sechs Jahren im Rahmen ihrer ehrenamtlichen Tätigkeit für die Kirchengemeinde Sankt Moritz einer Frau Knese in München-Giesing nach deren Oberschenkel-Operation einige Monate lang im Haushalt geholfen hat?"

Erna rutscht jetzt nervös auf ihrem Stuhl hin- und her. Das macht unverkennbare schabende Geräusche.

„Jaa ... möglich", sagt sie zögernd.

„Die Marianne hat ja immer vielen Leuten gholfn und so Krankenpflege und Haushaltshilfe hat sie auch öfter gmacht im Lauf der Jahre. Gut möglich, dass des auch amal bei einer Frau Knese war."

„Können Sie mir sagen, Frau Brunner, wie Frau Kern immer zu ihren Hilfseinsätzen gefahren ist? Ein Auto hatte sie ja keins. Sie hat also vermutlich die öffentlichen Verkehrsmittel benutzt?"

Lisi sagt das in ganz unschuldigem beiläufigem Tonfall.

„Ja. Die Marianne ist oft mit ... der U-Bahn gfahrn."

Ernas Stimme klingt jetzt ein kleines bisschen fester.

„Ich denke, Frau Kern ist damals mit der Straßenbahn gefahren, auch, wenn die Fahrt dann fünf Minuten länger gedauert hat. Die Haltestelle der 17er Tram liegt ja nur 5 Minuten von der Haustür hier entfernt ganz bequem oberirdisch am Stachus. Zur U- oder S-Bahn hätte sie in das Stachus-Untergeschoß oder bis zum Hauptbahnhof laufen müssen. Außerdem war die Frau Kern eine alte

Münchnerin und zudem sehr konservativ. Die ist bestimmt ausschließlich mit der Trambahn gefahren, wenn es möglich war."

Jetzt macht Lisi eine längere Pause.

Erna grummelt etwas Unverständliches. Wie sie dreinschaut, kann ich leider nicht sagen, da kein Sichtkontakt.

Ich vermute aber, dass der guten Frau langsam dämmert, worauf alles hinausläuft und dass es ihr zunehmend ungemütlich wird. Darauf deutet auch eine scharfe Geruchsspur hin, die jetzt aus der Küche zu mir herüberzieht – und die sicher nicht lisihaften Ursprungs ist …

Nachdem sie die arme Erna lange genug hat schmoren lassen, fährt meine Hauptkommissarin fort, immer noch im locker-flockigen Tonfall, als würde sie über das Wetter plaudern.

„Kannten Sie die Bäckerei Hornbach? Sie lag genau zwischen dem Giesinger Bahnhof und der Wohnung von Frau Knese, die damals von Marianne Kern betreut wurde."

Erna sagt jetzt gar nichts mehr. Ihr ist inzwischen klar, dass Lisi eigentlich gar keine Antworten erwartet.

„Nein? Vielleicht erinnern Sie sich, wenn ich Ihnen vom Schicksal der Hornbachs berichte – es stand ja damals in allen Zeitungen: Herr Hornbach, der Bäckermeister, hat das Geld zum Fenster rausgeworfen, besonders mit anderen Frauen und war wohl auch sonst ein ziemlich unangenehmer Mensch. Irgendwann hat er seine Frau sitzenlassen mit der Bäckerei und einem riesen Haufen Schulden. Die Arme hat die Schande nicht verkraftet und sich selbst getötet.

Zwei Jahre später war auch der Mann tot. Stellen Sie sich vor, Frau Brunner. Er ist durch die Einnahme desselben Barbiturats gestorben, wie auch Ihre Freundin, Frau Kern. Er hatte es ebenfalls in Alkohol aufgelöst getrunken, was übrigens den leicht bitteren Geschmack übertönt.

Auch damals war die Dosis selbst nicht tödlich. Nur zusammen mit dem vielen Alkohol, den Herr Hornbach dazu getrunken hat, hat sie schließlich seinen Tod bewirkt.

Wie bei Frau Kern schien also ein Unfall möglich, oder Herr Hornbach hatte schließlich doch noch aus Schuldgefühlen wegen seiner Frau Suizid begangen.

Allerdings wurde im Schraubverschluss der Schnapsflasche des ehemaligen Bäckers ein winziges Einstichloch gefunden. Durch dieses könnte mittels einer sehr dünnen Spritze das Barbiturat in die Flasche gespritzt worden sein.

Es könnte z.B. jemand gewesen sein, der vielleicht nur zufällig eine Zeit lang täglich in der Bäckerei von Herrn Hornbach eingekauft, die Demütigungen gegenüber seiner Frau und schließlich deren Suizid mitbekommen hätte.

Derjenige wäre nie in Verdacht geraten, weil er einfach nicht zum Umfeld gehört hätte. Wenn dieser jemand ein hohes moralisches Sendungsbewusstsein gehabt hätte, könnte er sich berufen gefühlt haben, den Mann, der in seinen Augen für den Tod seiner Frau verantwortlich war, zu töten.

Wenn jemand so etwas getan hätte, wäre das in meinen Augen Mord gewesen. Vorsätzlicher Mord.

Egal was Derjenige – oder *Die*jenige – sich selbst als Entschuldigung vorgelogen hätte: z.B., dass die Dosis zwar hoch, aber nicht alleine tödlich gewesen wäre. Jedem, vor allem jemandem, der womöglich beruflich aus dem medizinischen Umfeld kam, hätte klar sein müssen, dass das starke Schlafmittel in Verbindung mit Alkohol sehr wahrscheinlich tödlich wäre.

Es wären also der *Vorsatz* und die *Heimtücke* gegeben gewesen: Das Opfer war arglos und hatte keine Chance. Diese beiden Bedingungen alleine hätten für eine Mordanklage gereicht.

Daran hätte der Einwand, dass es sich bei dem Motiv für die Tat nicht um die üblichen *niedrigen Beweggründe*, wie z.B. Habgier oder Mordlust gehandelt habe, nichts geändert. Außerdem hätte solch ein Einwand keinesfalls gegolten:

Hass und Vergeltungssucht gegenüber einem anderen Menschen als Mordmotiv, sei der auch böswillig und rücksichtslos, ist nichts anderes als ein niedriges Motiv unter einem schönen Deckmäntelchen.

Über Ausnahmen für gemeingefährliche irre Staatsoberhäupter, die dabei sind, ganze Volksgruppen oder Völker in den Tod zu stürzen, ließe ich ganz persönlich mit mir reden – aber das kommt bitte nicht ins Protokoll.

Freilich könnte man auch dafür plädieren, dass der Tod des Herrn Hornbach durch Täter *oder Täterin* ‚nur‘ billigend in Kauf genommen worden wäre, es also ein *bedingter* Vorsatz gewesen wäre. Dann hätte eine Anklage gleichwohl auf Mord gelautet, weil beides gleich verwerflich gewertet wird.

Wie die Strafe ausgefallen wäre: Ich weiß es nicht, ich kann es nicht entscheiden, ich *darf* es nicht entschieden.

Und genau das ist der Punkt.

Niemand hat die Befugnis, sich als Richter aufzuspielen und ein vermeintliches ‚Recht' oder eine vermeintlich ‚angemessene Strafe' an einem anderen zu vollziehen. Das ist auf Erden allein der dafür vom Staat eingesetzten Berufsgruppe vorbehalten."

...

Die abrupte Stille, die jetzt folgt, fällt wie ein Fallbeil aufs Gemüt. Selbst ich von hier draußen spüre das. Wie es sich für Erna anfühlt, mag ich mir gar nicht vorstellen! In ihrer Haut möcht ich grad nicht stecken. Zumal Lisis Stimme am Schluss gar nicht mehr harmlos, sondern kalt und schneidend war. Erna verströmt jetzt ganz klar Angstgeruch mit einer Beimischung von Panik.

Da fällt mir ein, dass ich das Schweigen gar nicht aushalten *muss,* weil ich ja unterm Kasterl verborgen bin: Hektisch beginne ich mich zu putzen. Von vorn bis hinten und von hinten bis vorn. Bevor ich mein Fell auch noch von oben nach unten schrubben kann, spricht Lisi endlich weiter. Jetzt wieder mit sanfterer Stimme.

„Es ist schon verrückt, wie leicht eine harmlose alte Frau in einen schlimmen Verdacht geraten kann. Denn nachweisen hätte man Frau Kern nach all der Zeit vermutlich nichts mehr können, trotz unserer inzwischen äußerst effektiven DNA-Technik. Da würde eine einzige ihrer Hautzellen reichen, die wir auf Hornbachs Schnapsflasche finden.

Dummerweise ist die Flasche, wie einige andere Beweisstücke, bei einem Einbruch vor ein paar Jahren aus dem Polizeipräsidium gestohlen worden. Die Täter wurden zwar gefasst, aber manche Beweisstücke waren vernichtet, darunter die Flasche.

Sicher würden Sie mir zustimmen, Frau Brunner, wenn ich sage: Frau Kern hätte bei Herrn Hornbach, auch wenn dieser noch so brutal und gewissenlos gewesen sein mag, eine schwere Straftat begangen. Eine unverzeihliche Straftat. Eine Straftat, wie sie sich auf keinen Fall wiederholen dürfte."

…

„Was wäre, wenn jemand, der Frau Kern nahegestanden hat, plötzlich erfahren hätte, dass sie nicht nur dem Herrn Hornbach ein letztlich tödliches Schlafmittel verabreicht hat, sondern eine weitere solche Tat plante? Vielleicht sogar in naher Zukunft? Womöglich noch am selben Tag?

Hätte diese Person nicht die *Pflicht* gehabt, Frau Kern aufzuhalten? Aber wie? Die Polizei rufen? Würde die eine solche Geschichte glauben?

Außerdem steht der Ruf einer guten Christin auf dem Spiel. Einer Frau, die ihr Leben lang anderen geholfen hat. Hätte Marianne Kern das verdient? An der vergangenen Tat könnte man ohnehin nichts mehr ändern. Sie lag ja schon so lange zurück und alle Beteiligten waren längst tot und begraben.

Wie also die neue Tat verhindern?

Erst einmal Zeit gewinnen.

Wenn nun Marianne Kern zwei Pralinen gehabt hätte: eine vergiftete und eine harmlose. Wenn sie diese der befreundeten Person präsentiert hätte, voller Stolz, dass sie ein weiteres „unwertes" Leben auslöschen wolle. Völlig uneinsichtig, wie verbrecherisch ihr Denken war.

Wenn die befreundete Person unter dem Druck der Situation nur die Möglichkeit gesehen hätte, für den Moment, unbemerkt von Marianne Kern, die Pralinen zu vertauschen. Um erst einmal das Schlimmste zu verhindern!

Um Zeit zum Nachdenken zu haben!

Wenn dann Marianne Kern aus Versehen die vergiftete Praline gegessen hätte und gestorben wäre – hätte die befreundete Person dann eine Straftat begangen? Weil sie eine Mörderin für immer stoppen wollte?

Wäre das Fahrlässige Tötung gewesen? Weil die Freundin Marianne ja nicht töten wollte und nicht damit gerechnet hat, dass Marianne die vergiftete Praline selber essen würde. Außerdem wollte die Freundin besagte Praline später möglicherweise ganz vernichten.

Oder wäre das Ganze ein Fall von Nothilfe gewesen? Weil die Freundin ein Kapitalverbrechen verhindern wollte, das unmittelbar bevorstand und in ihrer Panik keinen anderen Weg sah?

Wie wäre solch ein Handeln rein rechtlich zu beurteilen? Und wie moralisch?"

…

Diesmal dauert die Pause, die Lisi macht, so lange, dass ich es kaum mehr aushalte und mich echt zusammenreißen muss, um nicht in Ernas Gang hin- und herzurennen zum Spannungsabbau.

Bei Erna rieche ich jetzt keine Angst mehr. Eher einen schalen, dumpfen Geruch. So wie Resignation riechen würde, wenn sie es denn könnte.

Schließlich erlöst Lisi die alte Frau und mich mit den wieder freundlich, fast heiter klingenden Worten:

„Natürlich ist all das, was wir grade gsprochen habn, rein hypothetisch. Es gibt keine Beweise und keinen gerichtlich verwertbaren Zeugn. Der Fall Hornbach wird wohl für immer im Archiv unter da Rubrik ‚offene Altfälle' liegn bleibn.

Das Urteil über Marianne Kern und ihren Todesfall müssen wir vielleicht tatsächlich einer höheren Instanz überlassen."

Ein Stuhl wird gerückt. Lisi kommt alleine auf den Gang heraus und öffnet die Wohnungstür – lange genug, dass ich hinausschlüpfen kann. Während ich die Treppe runterrenne, als wären sämtliche Münchner Hunde hinter mir her, höre ich sie noch sagen:

Ich muss jetzt gehn. Sie müssen mich net hinausbegleitn, Frau Brunner. Wir werdn uns wohl nimmer wiedersehn.

Ich wünsch Ihnen alles Gute und bleibens gsund."

Epilog

Der Clan hat sich in der größten Kammer versammelt und in deren Mitte eine freie Fläche gelassen. Fast wie eine kleine Lichtung im Wald. Für Sven und mich öffnet sich kurz ein Spalier und schon stehen wir im Zentrum der Aufmerksamkeit. Das Zeremoniell verlangt, dass wir zuerst auf entgegengesetzte Seiten trippeln. Sven nach rechts an den Rand der Lichtung, ich nach links.

Hier bleiben wir hocken, bis der wilde Tanz, den die *Besonders Biegsame Bea* mit Schmackes hinlegt, vorbei ist.

Ebenso wie der symbolische Tausch zweier kleiner Leckereien durch die beiden Jüngsten von Sirkit.

Und schließlich der eher unkoordinierte Reigen weiterer unzähliger Kleiner. Soll heißen: Wir wünschen Euch zahlreichen Nachwuchs. Tja, liebe Mitbewohner, das wird vielleicht ein *bisserl* schwierig.

Oder? Wer weiß …

Matz, der freche junge Ratter, der mich immer so provokativ angeschaut hat, hat übrigens gestern spätabends einen Abgang gemacht. Final! Scheinbar in die Runde, aber mit einem Seitenblick auf mich hat er irgendwas von „total uncooler Atmo" gesagt und uns alle „Spießer" genannt.

Er ist jetzt auf dem Weg nach Berlin.

Eigentlich hatt ich gar nichts gegen ihn …

Nach dem Abgang der lärmenden Horde Rattenkids sind wir dran. Ich hab die Darbietungen wie in Trance verfolgt. Es ist, als ob überhaupt keine Zeit vergangen wäre, seit Sven und ich diesen Kreis betreten haben. Meine

Knie sind irgendwie plötzlich butterweich und ich weiß überhaupt nicht mehr, wer, wie und was ich jetzt tun soll.

Sirkit ist, wie so oft, die Rettung – die liebe, praktisch veranlagte Sirkit. Sie stupst mich mit ihrer Schnauze in Richtung Sven und fiept mir dann im Befehlston „Stehenbleiben!" zu. Gleichzeitig wird mir das eine Ende des roten Bandes ins Mäulchen gestopft und ich halte es instinktiv mit den Zähnen fest.

Auf einmal weiß ich wieder, wer ich bin und wie es weitergeht. Würdevoll richte ich mich zu meiner vollen Größe auf. Auch Sven hat sich auf die Hinterbeine erhoben. Das Band ist jetzt von seiner zu meiner Schnauze gespannt.

Dann drehen wir uns – und ich schwöre, zum ersten von all den gefühlt hundert Malen, die wir das geübt haben, machen wir es richtig herum. Dreimal insgesamt drehen wir uns ein, treffen uns, vom Band umhüllt, in der Mitte und drehen uns wieder nach außen. Beim dritten Mal berühren sich unsere Schnauzen zärtlich.

Jetzt gehen wir wieder ein kleines bisschen auf Abstand und jeder von uns lässt sein Ende des Bandes los – verbunden durch die Wicklungen sind wir ja nach wie vor.

Dann spricht Sven die magischen Worte.

Ich glühe unter meinem Fell mit der Frühlingssonne, die draußen vermutlich scheint, um die Wette.

Auch ums Herz wird mir ganz warm.

Plötzlich herrscht Stille und ich weiß: Ich bin dran, den Schwur zu sprechen. Zuerst denke ich, ich bringe vor lauter Aufregung nur ein jämmerliches Gefiepe zustande.

Aber auf einmal bin ich vollkommen ruhig und meine Stimme ist voll und klar, als ich sage:

„Sven, ich teile ab jetzt mit Dir Essen und Wissen,
Freude und Leid;
zwischen uns besteht das Band,
Du bist mein Gefährte auf Lebenszeit."

Stille hat sich ausgebreitet unter den Zuschauern, nur unterbrochen von ein paar Schluchzern und Geschniefe.

Auch Sven und ich haben Tränen in den Augen. Wir halten einander mit Blicken fest und können einfach nicht loslassen.

„Stammstrecke!!!
Sie werden die zweite S-Bahn-Stammstrecke bauen!!
Wurde eben beschlossen!"

Wie ein Wirbelwind, nur lauter, zerbricht Marktschreier die Harmonie.

„Die Bauarbeiten beginnen praktisch sofort! Wir müssen schleunigst umziehen – schnauf – den Bau räumen – hechel – *e v a k u i e r e n ! ! !*
Bis wir einen neuen Platz gefunden haben, können wir erstmal bei Bruder Bartholomäus in der Krypta unterkommen!!"

„Oh nein!!", rufen Sven und ich exakt gleichzeitig.

Nach einer halben Sekunde Pause brechen meine Clankumpels in ohrenbetäubendes Gelächter aus.

Sven und ich stimmen mit ein und schließlich auch Marktl.

Alle zusammen lachen wir uns krumm und schief.

Zum Schluss

Wenn Euch der neue Maxi-Krimi gefallen hat, freue ich mich über ein *like* an Eure Freunde auf Facebook und Co, eine positive Rezension bei genialokal, hugendubel oder amazon (als Autor im „Selbstverlag" tut man sich echt schwer mit dem Bekanntwerden) und eine nette eMail an sofie.seidl@gmx.net

Wenn er Euch nicht gefallen hat, behaltet es bitte für Euch …

Dickes Dankeschön

Ich danke meinen treuen Probeleserinnen: Brigitte für ihr sachliches Feedback, meiner Schwägerin Anne für ihren wertvollen juristischen Rat und natürlich meiner Lektorin Ilse, der kein Rechtschreibfehler entgeht. Sie malt übrigens tolle Bilder, die man auf „cargocollective.com/ilse-gams/" betrachten kann. Meinem lieben Mann danke ich für seine konstruktive Kritik und seine hohe Frustrationstoleranz beim Versuch, mir ein professionelles Layout anzugewöhnen … Markus, Du bist der Beste!